『そんな可愛いことを言って…また触れたくなってしまうよ…』
エドワードの中指がクリスティーンの快感の源である小さな芽に触れた。
『…ふぅん…あっ…』
身体が反り返るほどの快感が走って、
クリスティーンが硬直した。

眠り姫の後見人

～まどろみの秘蜜～

一ノ聖 柊

Vanilla文庫

眠り姫の後見人 ～まどろみの秘蜜～

目次

イラスト／しおたみちこ

プロローグ

「…とても…感じているんだね…かわいい…」

「……」

低く心地よい声がクリスティーンの身体の真ん中にジンッ…と沁《し》み渡った。

声で感じてしまったことに驚いて、瞼《まぶた》を開けそうになるのを必死でこらえる。

指先がもうすっかり潤いを湛《たた》えたクリスティーンの割れ目の入り口でちゅぷ、ちゅぷと戯れる。

そこで戯れているだけの指に、もっと奥まできてほしい、もっとたくさん感じる場所に触れてほしい、快楽を持てあましたクリスティーンはもどかしさすら感じてしまうのを止められない。

泉に溢《あふ》れる潤いをたっぷりと纏《まと》った湿った指先が、クリスティーンの最も敏感な小さな芽に触れてきた。

待ち望んでいた刺激に体中が震える。

「……！」

必死で声は抑えたが、自分自身の潤いに促された愛撫は、快感が過ぎた。

「……あぁ……あぁ……」

身体はすっかり熱くなり、びくっびくっと痙攣《けいれん》する。

太い指先は潤いの力を借りて、快感の源である小さな芽を軽く押しつぶすようにして緩やかに摩擦した。

「ひゃあっ……！」

あまりにも強すぎる刺激に、とうとう小さな声が漏れてしまった。

夢の中に現れた、幼い日の『おにいちゃま』、夢の延長線上とはいえ、よく知らない男性にこんなはしたないことを許している自分を、青年はどう思っているのだろう。

「もっと足を開いてくれないと、君のイイところに触れないよ」

その言葉におずおずと足を開くと、青年の手が大胆にそれを促した。

快感に濡《ぬ》れた自分の中心が空気に触れたことで、そこを青年に見られていることを感じる。

（恥ずかしいっ）

目を開けていなくてよかったと思った。

濡れそぼった割れ目を、青年の指が下から上へとゆっくりと撫《な》で上げる。

「…ぅ…」

「指を吸い込むように、ここが動いてるね」

「…ひぃ…」

とても恥ずかしいのに、そこはどんどん潤って、もっと触ってほしくてたまらなくなっている。

快感に腰をひねらせると、今度は胸の突起をチュッとされた。

「…！」

二箇所同時に与えられた快感に、クリスティーンは軽い絶頂を迎えた。

「いってしまった？」

青年の言葉の意味はよくわからなかったけれど、昇り詰めるようなこの快感のことなのかしら？　とクリスティーンは思った。

「そんなに感じてしまったら、途中で止められなくなってしまうね」

（なんていやらしい女だと思われてしまったかしら…）

そう思っても、濡れた指がそこをかすめるたびに、体中に力が入るほどの快感に内ももがぴくぴくと震える。

（これは夢の中だから、これは夢の中のことだから！）

第一章

クリスティーン・ラブレスは呆然《ぼうぜん》と目の前にある豪華な屋敷を見つめていた。

「ここが……ポートマン家……」

「そうです」

ポートマン家の執事であるエイミスがクリスティーンの大きな荷物を持って、背後からそう答えた。

振り向くと、優しそうにクリスティーンを見守っている。

元々田舎育ちで人見知りの激しいクリスティーンだったが、先日亡くなった父と同じ誠実そうな茶色の瞳を持つエイミスには初対面の時から親近感を抱いていた。

「大きなお屋敷なのですね」

「驚かれましたか？」

「はい、少し……本当に私なんかがここにきてしまってよかったのでしょうか？」

エイミスはまたその話か、というポーズをしてにっこりと微笑《ほほえ》んだ。

「私の主人でありここの当主であるエドワード・ヘンリー・ポートマン様は、クリスティーン様の亡くなったお父様とのお約束で後見人になられたのです。気を使われる必要は一切ありません」

「でも……」

父が亡くなったのは、つい二週間ほど前のことだった。

幼い頃に母を亡くしたクリスティーンと父はとても仲のいい父娘《おやこ》だった。

貴族とは名ばかりの質素な生活ではあったが、かつて教職についていたこともあったという父は子供と遊ぶことがとても上手で、クリスティーンは父さえいればそれでよかった。

領地とは名ばかりの小さな土地で、ひっそりと暮らしていた父が倒れたのは一年前。

自らの身体を蝕《むしば》む病名を知った父は一年かけて、父親亡き後の娘が路頭に迷うことのないよう様々な準備をし、用意が整い終《しま》い支度を終えると同時に息を引き取った。

最後まで優しく慈しみ深い愛情でクリスティーンを包んでくれた父のことを思い出すだけで、すぐに涙がこぼれてしまう。

「クリスティーン様……？」

「ご……ごめんなさい、つい」

「お心細いでしょうが、エドワード様はとても素晴らしい方です。あまり色々な心配事はなさらずに、悲しみが癒《い》えるまでゆっくりされるとよろしいかと思います」

「どうもありがとうございます」

聞きようによっては使用人としては深く干渉しすぎともいえるエイミスの言葉だったが、誠意を感じてクリスティーンは素直に思いやりを受け取った。

「エイミスさん、『クリスティーン様』というのはやめていただけませんか？」

「そうはいきません。今日からクリスティーン様は正式にポートマン家の一員になられるのですから。私のこともエイミスとお呼びください」

「え！　そ、それは少し難しいです。…私は身寄りがなくてこちらに引き取っていただいた居候みたいなものですから…」

「クリスティーン様がそのようなことをおっしゃっていたと聞いたらエドワード様が悲しまれます。お父様が亡くなられてから、とても心配されてましたから」

「エドワード様が？　私を？」

正直言って、クリスティーンは後見人であるエドワード・ヘンリー・ポートマンのことは二週間前まで何一つ知らなかった。

父の遺言の中に後見人として名前が書いてあるのを見て、驚いたくらいなのだ。

ポートマン家はロンドンの一等地を所有する名家である。

世間知らずのクリスティーンですらその名を知っているほど有名な資産家だ。

エドワードは爵位こそ、父と同じ子爵だがその財力・影響力は世間知らずのクリスティーンには想像できないほどのものに違いない。

父は若い頃、彼の両親に是非にと乞《こ》われて家庭教師としてエドワードに勉強を教えたことがあったそうだ。

エドワードの父親である子爵は大きな不動産会社を経営しており、将来その後を継ぐであろうエドワードに小さいうちからきちんとした教育を受けさせたいと考えてクリスティーンの父親に白羽の矢を立てた。

クリスティーンの父は若いうちから周囲に人格者として認められており、幼いエドワードに勉強のみならず様々なことを教えた、というのはここに来る道すがらエイミスに聞かされたことだ。

「こちらが今日からクリスティーン様のお世話をさせていただくジェーンです」

エイミスが小柄なメイドを紹介した。

クリスティーンといくつも歳《とし》が違わなさそうな彼女は、とても洗練された動作でお辞儀をした。

「よ……よろしくお願いします」

「こちらこそよろしくお願いいたします、クリスティーン様」

アーモンドアイが可愛《かわい》いジェーンはきびきびとした動きでクリスティーンの荷物を持つと、先に立って歩き出した。

エイミスに挨拶《あいさつ》をして、ジェーンと共に部屋に向かう。案内された部屋を見て、またしてもクリスティーンは呆然とした。

白を基調とした調度品と大きな窓、たっぷりと日差しの入る部屋は清潔な香りがした。

「素敵なお部屋…」

「クリスティーン様、クローゼットにお荷物を片づけましょうか？」

「あ、いえ、それは自分でやります」

古びた大きな鞄《かばん》をジェーンから奪うように引き取った。

中には使い古した服や下着が入っている。

とてもおしゃれとは言い難い自分の荷物を、都会的なジェーンに見られたくなかった。

ジェーンはクリスティーンの申し出に異議を唱えるでもなく、わかりました、と微笑んで窓を開けた。

大きな窓から都会の風が吹き込んでくる。

木々と太陽の匂いのする風が飛び込んできた我が家とは違うのだ、とクリスティーンはまた少し悲しい気持ちになった。

ジェーンが窓の次に大きなクローゼットの扉を開けた。

中にはズラリと色とりどりのドレスが並んでいた。

「…これは？」

「ご主人様がクリスティーン様のためにご用意されたものです。ほっそりとしたサイズのものを用意したのですが、それでも少し大きいものもあるかもしれませんね」

ジェーンはそう言うと、にこにこしながら華奢《きゃしゃ》なクリスティーンの身体を見つめた。

「ご主人様のおっしゃった通り、本当に妖精《ようせい》のようにほっそりしていらっしゃるわ」

「え？」

「クリスティーン様は森の妖精のように軽やかでほっそりとした方だとうかがっていました」

「…エドワード様がそんなことを？」

会ったこともないはずのエドワードが自分のことをそんな風に言っていたと聞いて更に驚く。

一体、エドワード・ヘンリー・ポートマンとはどんな男性なのだろう？

そして、なぜ自分のことを知っているのだろう？

「あの…」

「はい、なんでしょう？」

ジェーンがハキハキと答えた。

物おじしないのは都会の女性だからだろうか？　使用人だというのに垢(あか)ぬけていて美しいジェーンにクリスティーンはつい萎縮《いしゅく》してしまった。

「…あ、いえ、その…エドワード様は、いつお戻りになるのかと」

「ご主人様はこの時間はまだ会社からお戻りになりません」

「あ…では、あの、何時頃に…」

「最近は特にお忙しいみたいで、深夜になることも多くて…」

ジェーンの顔が初めて少し曇った。

多忙な主人の身を案じているのだろう。

エドワードはポートマン家の使用人にとても愛されているのだとクリスティーンは思った。

エドワードが帰る時間は、ジェーンにもはっきりとはわからないのだと言う。

とりあえず、疲れたので一人で休みたいと言ってジェーンに下がってもらうと、クリスティーンは小さく息を吐いた。


本当に目まぐるしい二週間だった。

父が病気だとわかった時から、いずれやってくるお別れの時のために誠心誠意尽くしてきた。それでも、本当に大好きだったお父様と永遠に会うことができないのだと思うと、胸が締めつけられる。

けれど、クリスティーンは愛する父の死を悲しむ暇もないほどの勢いで、あっという間に田舎町から大都会ロンドンのど真ん中にやってくることになってしまった。

（本当に私はここにきてよかったのかしら……？）

遺産と呼べる遺産もなかったが、暮らしていく家だけはあった。

あのまま一人でひっそりと暮らしていた方が自分には合っていたのではないだろうか？

そんな思いが脳裏をよぎる。

正直、父が選んでくれた後見人の存在を知った時は心底ホッとした。

それまでもうまくいっていたとは言い難い親戚《しんせき》たちとうまくやっていく自信など、やせっぽちで気の弱い自分には到底なかったからだ。

同じ年頃の従兄妹《いとこ》たちは、豪華なドレスを身に纏い花開くように美しくなっていった。

従兄妹のように顔立ちが派手なわけでもなく、身体のラインも女性的とは言い難い自分には到底そんなドレスが似合うとは思えなかった。

いつも黒や灰色のドレスを着た地味なクリスティーンを、従兄妹たちはあからさまに馬鹿にしていた。

そんな自分がロンドンのポートマン家に行くと聞き、それまではクリスティーン父娘のことなど見向きもしなかった親戚たちが、目の色を変えて家まで押しかけてきた時の浅ましい姿を思い出す。

『クリスティーン、随分な出世だな。お前の父親も人のよさそうな顔をして抜け目のないことだ』

『本当、ロンドンのお屋敷なんて私も住んでみたいわ』

『お前の父親は一体どんな手段を使ってポートマン家に取り入ったんだ？』

『どんな手段と言われても…』

そもそも父は財産目当てで誰かに取り入るような人ではないと言いたかったが、どんな手段でと詰め寄られても、当のクリスティーンですら皆目見当がつかなかったとしか言えなかった。

（子供の頃に世話になったというだけで、私のようなお荷物を引き受けるなんて、エドワード様って一体どんな方なのかしら…）

そして、あっという間に、ここに来る日がやってきてしまったのだ。

（とても疲れた…）

クリスティーンは、慣れない長距離移動に自分の身体が想像以上に疲れているのを感じた。

列車や自動車にこんなに長い時間乗るのは初めてかもしれない。

今日はもう食事は入らないだろう。

クリスティーンは昔から疲れすぎるとお腹に物が入らなくなってしまうのだ。

しばらくして様子を見に来てくれたジェーンに食事はいらないと伝えると、お茶とお菓子を用意してくれた。

温かい飲み物を飲んで甘いものをつまむと、少しだけ元気がでたので、旅の汚れを落とすためにシャワーを浴びることにした。

風呂上がりに、好奇心を抑えきれずエドワードが用意してくれたクローゼットを開いてみる。

「…すてき…」

それまで着たこともないようなデザインのドレスが所狭しと並んでいる。

華やかだけれども、どれも上品で、可憐《かれん》なクリスティーンにとてもよく似合うデザインだった。

（こんな素敵なドレス、私には似合わないわ…）

自己評価の低いクリスティーンにはとても自分が着ていいような服だとは思えなかったのだが、自分で思っているのとは違い、本当はとても美しい少女だった。

それは咲き誇る薔薇《ばら》のような美しさではなく、風に揺れる白い鈴蘭《すずらん》のような可憐な美しさだった。

どんな女性でも豪華に装えばそれなりに美しくなる。

しかし、クリスティーンの上品な美貌《びぼう》は決して誰にでも持つことができるというものではない。

小さい時から白い肌は真珠のように滑《なめ》らかだったし、控えめに喋《しゃべ》る声は誰もが好感を抱かずにいられない愛らしい響きを持っていた。

ほっそりとした手足は守ってあげたいという庇護《ひご》欲を掻《か》きたてたし、それでいて女性特有のマシュマロのような柔らかさも持ち合わせていた。

天使のような、という形容詞が相応《ふさわ》しい特別な美少女だったのだ。

従兄妹たちが子供の頃からクリスティーンにあまり優しくなかったのは、そんなクリスティーンの魅力にやきもちを焼いていたのだが、おっとりと優しく、自分の魅力に無頓着《むとんちゃく》なクリスティーンにはそんな従兄妹たちの気持ちなど理解できるはずもない。

そのため、クリスティーンは自分は女性としてあまり魅力的ではないのだという、大いなる誤解をしたまま成長してしまったのだ。

クローゼットの中に、ドレスとは違うものを見つけてクリスティーンの目がとまった。

それは一見してシルクと解《わか》る、真っ白な部屋着だった。

恐る恐る触れてみたそれは、びっくりするほど柔らかで滑らかで、それまでの人生で一度も触れたことのない手触りをしていた。

（部屋着なら、誰にも見られないもの）

そう自分に言い訳して、クリスティーンは素肌にそれを纏ってみた。

身体を包むシルクの感触が優しい。

試しに着てみたらすぐに脱ごうと思っていたのだが、うっとりするほど柔らかい肌触りが心地よくて、どうしても脱ぐことができなかった。

部屋着を着たまま、ゆったりとした寝台に横たわると、身体の奥にずっしりと積み重なった疲れが、じんわりと溶けていくような気がした。

枕《まくら》が変わって眠れるかどうか心配だったが、快適な寝台と部屋着のおかげで今夜はゆっくり眠れそうだ。

そんなことを考えながら、クリスティーンは深い眠りについたのだ。


夢の中でクリスティーンは子供の頃に戻っていた。

『お父様、お父様、あのお花がとてもきれい』

幼いクリスティーンは川岸に咲いた、小さな野の花に触れてみたかった。

『クリス、そっちは危ないから一人で行ってはいけないよ』

まだ若い父が、優しい声でそう諌《いさ》めると、横にいた少年が立ち上がった。

『僕が一緒なら大丈夫でしょう？』

『……そうだね、君がクリスをちゃんと守ってくれるなら』

『もちろん！　クリス、さ、一緒に行こう』

『わぁい、………おにいちゃま大好き』

『僕もクリスが大好きだよ』

美しい碧《あお》の瞳をした金髪の少年に抱きしめられて、クリスティーンはとても嬉しい気持ちになった。

おにいちゃま…大好き。

大好きなおにいちゃまは、かつての父の教え子だった。

まだクリスティーンが幼い頃、折に触れ父娘の元を訪れては、一週間ほど滞在して帰って行った。

まだ何もわからないクリスティーンに、いつも微笑んで接してくれた碧の瞳の美少年は、心優しい少年だったのだと思う。

少年と一緒に遊ぶクリスティーンを見ながら、父が元気そうに笑っているのを見て、あ、これは夢なのだとクリスティーンは思った。

父は亡くなったのだ。

そんな思いが押し寄せて、クリスティーンは思わず涙を流した。

『どうしたの？　クリス？』

『だってお父様…お父様は死んでしまった…』

少年がクリスティーンをギュッと抱きしめた。

「泣かないでクリスティーン、これからは僕が一緒だよ」


夢とは思えない確かな声が響いた。

（おにいちゃま…）

深い安堵《あんど》と寂しさが一気に押し寄せてきて、夢の中でクリスティーンも少年に強くしがみついた。

『クリス…クリスティーン…』

『大好き…おにいちゃま…大好き…』

『僕もだよ、クリスティーン』

少年はクリスティーンの豊かなプラチナブロンドに顔をうずめた。

さっきまで少女だったクリスティーンは、いつのまにか大人の姿に変わっていた。

それと同時にクリスティーンを抱きしめていた碧の瞳の少年も、瞳の色はそのままに気品溢れる美しい青年に変わっていた。

青年がクリスティーンの口唇《くちびる》にそっと触れた。

「やわらかい」

『…』

抱きしめられ、口唇に触れられただけなのに、クリスティーンはうっとりとしてしまった。

たくましい胸に抱かれる感触は、それまでの寂しさ、悲しさを一瞬でも忘れさせてくれるほど温かく。いつまでもこの胸に抱かれていたい、クリスティーンは切にそう願った。

青年はクリスティーンをじっと見つめると、口唇にキスをした。

柔らかい口唇がそっと重ねられ、熱い舌がクリスティーンの口内に忍び込む。

生き物のように口の中で蠢《うごめ》く舌に、ただうっとりと動きを合わせる。

クリスティーンはふっくらとした小さな口唇を精一杯開いて青年のキスに応えた。

「かわいい…クリスティーン」

青年の手がクリスティーンの胸に添えられた。

丸く形の良いクリスティーンの乳房が、青年の大きな手の中にすっぽりと収まった。

布越しに優しく触れられて、クリスティーンはふわふわとうっとりした気持ちになった。

(私ったら…はしたない)

男性に触れられて恥ずかしいよりも、嬉しい気持ちになってしまったことに反省する。

（でも…これは夢なのよね…）

夢見心地でクリスティーンはそう考えた。

すてきな男性に優しく抱きしめられて愛される。女の子なら一度は想像したことのあるロマンチックなシチュエーションだ。

けれど、今クリスティーンに訪れているこの状況はそれまでのぼんやりとした想像を超えているような気もした。

が、次の瞬間また優しく胸に触れてきた青年の手が、寄り添った広く硬い胸が、頬《ほお》に寄せられる柔らかな口唇が、とてもとても心地よく、何もかもどうでもよくなってしまった。

青年の指先がクリスティーンの胸の突起を優しく撫でた。

「…ふ…」

思わず声が漏れると青年は動きを止めたが、クリスティーンがジッとしていると再び、その指は胸の上で遊びだした。

胸の形を確かめるようにそっと触れているかと思うと、柔らかさを確認するように優しく揉《も》みしだいた。

「ふぅ…」

指先で悪戯《いたずら》されてすっかり尖《とが》ってしまった胸の突起は、今度は親指の腹で押しつぶすように刺激される。

男性にそんなことをされたことなどないのに、本当に触れられているような快感がクリスティーンの身体の中心を走り抜けて行く。

触られているのは胸なのに、なぜか身体の真ん中が熱い。

お臍《へそ》の下あたりに何かが脈打つような快感が蠢いている。

青年の指が、とうとうクリスティーンの纏ったシルクの寝間着の中に忍び込んできた。

よく手入れをされた手が、今度は直《じか》に乳房に添えられた。

青年はクリスティーンの胸をすっぽりとその手の中に収めると、お気に入りの玩具《おもちゃ》のように優しく、時に少し乱暴に揉みしだいた。

「…クリスティーン…なんて柔らかくて…滑らかな肌なんだ…」

「…」

青年が自分の身体に触れて喜んでくれている。

それはクリスティーンにとって、心を震わせるほど嬉しいことだった。

父が亡くなってから自分の居場所もなくなってしまったかのような喪失感と共に暮らしてきた。

けれども、今、この青年は自分に触れていることに、狂おしいほどの喜びを感じてくれているのがわかった。

一人になってしまったことで、自分はもっと大人になって色々なことを考えなければばいけないと張り詰めて、寂しさの真ん中に置き去りにされていた心と体が、彼の手によって熱く潤っていく感じがした。

その感覚がただひたすらに嬉しく、心地よく、もっと青年に激しく抱きしめてほしい、クリスティーンは心からそう願った。

青年の指が胸から離れ、滑らかな腹部を通り過ぎ、ふんわりと綿毛のように淡い茂みを覆った小さな下着に辿《たど》り着いた。

動くまい、動くまいとしていても、これから青年が何をするのかを想像するとどうしても少し震えてしまう。

それは恐怖ではなく、期待だったのかもしれない。

その指は、一瞬躊躇《ためら》った後、そっと下着の中に忍び込んだ。

「…っ…」

生まれて初めて、自分や家族以外の人の手がそこに触れたのだ。

淡く色づく程度のクリスティーンの茂みでほんの少し逡巡《しゅんじゅん》した後、青年の指は迷わず、割れ目の中心にそっと添えられた。

…ちゅぷ…

クリスティーンの愛の泉は、もうすっかり潤っていて、ほんの少し指を添えただけなのに、その指を誘い込むように熱く蠢いていた。

青年が愛《いと》しくてたまらないといった風情で口づけた。

口唇が少しずれた時、吐息のような声が聞こえた。

「…とても…感じているんだね…かわいい…」

「……」

低く心地よい声がクリスティーンの身体の真ん中にジンッ…と沁み渡った。

声で感じてしまったことに驚いて、瞼を開けそうになるのを必死でこらえる。

指先がクリスティーンの快感で熱い潤いに満たされた入り口でちゅぷ、ちゅぷと戯れる。

ただそこで戯れているだけの指になぜか、もどかしさすら感じてしまう。

泉に溢れる潤いをたっぷりと纏い、湿った指先が敏感な小さな芽に触れてきた。

「…！」

必死に声は抑えたが、自分自身の潤いに促された愛撫は、快感が過ぎた。

「…ぁ…ぁ…」

全身に震えが走り、体中がカッと熱くなる。

指先は潤いの力を借りて、快感の源である小さな芽を軽く押しつぶすようにして緩やかに摩擦する。

「…ぁぁんっ…ぁ…」

とうとう小さな声が漏れてしまった。

夢の中に現れた、幼い日の『おにいちゃま』、夢の延長線上とはいえ、あまりよく知らない男性にこんなはしたないことを許している自分を、青年はどう思っているのだろう。

（なんていやらしい女だと思われてしまうかしら…）

そう思っても、濡れた指がそこをかすめるたびに、体中に力が入るほどの快感に内ももがぴくぴくと震える。

（これは夢の中だから、これは夢の中のことだから！）

一際強くそこを擦《こす》られて、クリスティーンは初めての軽い絶頂を迎えた。

「いっ…！」

一度声が出てしまうと、指の動きに合わせて声が出てしまう。

「はぁ…あぁっ…んっ…」

「…とても濡れてる。後から後から蜜《みつ》が溢れてくるみたいだ。痛くない？」

コクン、コクンとうなずくと、青年は包み込むように優しく抱きしめてくれた。

抱きしめながらも愛撫を続ける青年の指先からちゅぷ、ちゅぷ、という音が聞こえてくる。

足を閉じたくても、青年の身体が足の間に入り込んでどうしても閉じることができない。

「…はぁっ…」

太腿《ふともも》の付け根に力が入り、クリスティーンは小さな小さな頂点を迎えた。

身体がビクビクと震え、キュッと力が入った。

「…いってしまった？」

問いかけられるが答えられない。

（いく？　いくって、何かしら？　この快感がいくということなの？）

青年はクリスティーンの耳元にキスをして、そのまま身体を重ねてきた。

重みと共に、指先がクリスティーンの奥深くに侵入してくる。

「……！」

自分でも触れたことのない自分の内側を触れられている。

不思議な感触だった。

そっと忍び込んだ指先は、クリスティーンのお腹の上側をそっと擦りあげた。

「…ひぃ…」

それが快感なのかなんなのかわからないままに、クリスティーンのそこが青年の指をキュッと締めつけた。

「すごくきついね」

耳元で声がすると、自分の意志とは全く関係なくクリスティーンの身体の芯にビクッビクッと力が入る。

「そんなにしめつけたら…愛し合う時、相手の男性はあまりもたないかもしれないな」

クリスティーンは足を大きく開かされたまま青年の指に翻弄《ほんろう》され、何を言われているのかよくわからなかった。

「……ぁ……ぁ……ぁ……」

奥まで入っていったかと思うと、入口あたりまで引き抜かれる。

寝室に響く、ちゅく、ちゅくとエロチックな音がどんどん激しくなっていく。

「……ん！」

「……我慢できなくなりそうだ」

指がひと際激しく抜き差しを繰り返した時、クリスティーンは圧倒的な頂点を迎えた。

「……ひっ……あっ……あっ……あぁ……！」

ビクビクッと震えると、足の指先まで力が入り、快感が全身を走り抜けた。

青年はそんなクリスティーンを、快感の波が静まるまでそっと抱きしめていてくれた。

クリスティーンの身体から力が抜け、呼吸が整うと青年はそっと身体を離した。

優しさがにじみ出ているような一連の動作は、初めての体験に安心した気持ちを与えてくれた。

「おやすみ、クリスティーン。良い夢を」

ぼんやりとした意識の中で、人の気配が遠ざかって行くのを感じた。

薄暗がりの中に、引き締まった背中と美しい金髪が見えたような気がしたが、それもはっきりとしない。

（おにいちゃま…）

顔を見ることはできなかったけれど、クリスティーンは優しく抱きしめてくれたこの人が、あの夏の日に会ったおにいちゃまなのだと確信していた。

自分がなぜこんな夢を見ているのかはわからない。

抱きしめられた時の安心した気持ちと、青年の声と指がとても心地よかったこと、そしてその指が与えてくれた快感に我を忘れてしまったこと、思い出すだけで身体の奥から熱い蜜が溢れだしてくるような、ジン…とした快感が脳裏に蘇《よみがえ》って顔が熱くなる。

そしてそれがここ数カ月の目まぐるしい生活の変化に疲弊した心と体を熱く優しく解《ほぐ》してくれた。

心地よい快感の余韻に浸りながら、クリスティーンは泥のような深い眠りに落ちて行ったのだ。


「おはようございます、クリスティーン様」

「…ん」

明るい声と明るい光が意識の中に差し込んできた。

「昨日はお疲れになったでしょう？　よくお眠りになられましたか？」

ジェーンがそう言いながらカーテンを開けている。

開いた窓から差し込む太陽は、もうすっかり真昼の明るさに近づいていた。

「おはようございます…私、寝過ごしてしまって」

「エイミスさんからクリスティーン様は長旅でお疲れになっているはずだから、今朝はゆっくりお声をかけるように言われていたんです」

「…そうですか…」

「でも、そろそろお食事になさった方がよろしいかと思いましたので」

言われてみると、お腹がからっぽな気がした。

昨日は緊張と不安でろくな物を食べていなかったことを思い出す。

「クリスティーン様はほっそりしてらっしゃるから、きちんとお食事をお届けしないと消えてしまいそうです」

ジェーンの冗談に思わず笑みがこぼれた。

「そんなこと」

微笑んだクリスティーンをジェーンが嬉しそうに見つめる。

「本当に昨日はよくおやすみになられたんですね。顔色がすっかりよくなって…クリスティーン様がお美しくて、私、お仕えできて本当に光栄です」

明るい光の中でそう語るジェーンこそ昨夜よりも都会的で美しく見えた。

「そんな…私なんて全然…」

寝ぼけた顔で、ぼさぼさの髪をしているはずの自分が恥ずかしくなってくる。

ジェーンが『ンッ』という顔で近寄ってきた。

顔をのぞき込まれる。

「…え…あ…」

「昨夜の眠りが深かったのかしら？　それとも元々かしら、お肌もつやつや、生き生きと輝くようでいらっしゃいますよ！」

「…え？」

ジェーンの思いがけない言葉にクリスティーンは両手を頬にあてた。

使用人にしてはくだけすぎている言動だったが、彼女に悪気はなさそうだ。

「そんなこと…」

「いいえ、そうですとも。ゆうべ初めてお会いした時もお美しい方だなと思ったんですけど、なんだか今朝はまぶしいくらいですわ。何かいいことでもあったのかしら？　って感じです」

ジェーンがてきぱきと部屋を整えながら、親しげにそう言った。

おそらく、まだ所在なさげなクリスティーンが少しでも早くポートマン家に馴染《なじ》むよう、彼女なりに気を使っているのだろう。

あけすけな物言いには少し面食らったが、クリスティーンはジェーンのそんな気遣いがとても嬉しく心地よかった。

（きっと昨日いい夢を見たからだわ）

昨日の夢を思い出すだけで、頬が熱くなる。

「さ、早くお支度を整えないとご主人様が外出されてしまいます」

「エドワード様がいらっしゃるのですか？」

「はい！」

昨日、顔を曇らせて主人の帰りが遅いことを心配していたジェーンが、勢いよく返事をした。

「夕べ遅くにお戻りになったんですが、今日はお出かけの時間が遅いそうでまだお休みになってらっしゃいます」

「ご挨拶しなくちゃ…」

「その前にお支度を整えましょう！」

顔を洗うとジェーンに身ぐるみはがされて、下着をつけさせられた。

「あ、あの…」

「なんでしょう？」

「都会の女の人はみんなこんな窮屈な下着を身につけてるんですか？」

「そうで、ございい、ますよっ」

「…！」

ジェーンが力を込めてコルセットを締め上げた。

胃がキュッとして息が止まりそうになる。

「…ちょっと…苦しいです…」

「ロンドンのご婦人がたはみなさんこうして着飾ってらっしゃるんです。クリスティーン様も慣れていただかないと」

「お願い、もう少しだけ緩めて…」

涙目でそう頼むとジェーンが困ったような顔をした。

「クリスティーン様、そんなかわいらしいお顔でお願いされたら誰も逆らえませんわ」

しぶしぶジェーンがコルセットを緩めてくれたので、クリスティーンはほうっと息を吐きだした。

ジェーンは上品なクリスティーンによく似合う白い襟のついた藍色《あいいろ》のドレスを選ぶと、てきぱきと着つけた後、鏡の前に座らせた。

「クリスティーン様はコルセットで締めあげなくても、妖精のような細腰でいらっしゃるから問題ないですけどね」

少し不満そうにそう言うジェーンに、クスッと笑う。

クリスティーンはすっかりこの都会的で明るいジェーンが大好きになっていた。

「御髪《おぐし》はどういたしましょう」

「いつもは昨日みたいにまとめてます」

長い髪が好きで伸ばしているのだが、一度まとめていない時にはち合わせた従兄妹に、髪が長すぎて気持ち悪いと言われたことが気になって、人前ではお団子にしてひっつめているのだ。

「夕べもそうでしたね。でも、せっかくのお綺麗《きれい》な御髪ですからハーフアップにしましょう」

ジェーンは器用な手つきでクリスティーンの長い髪をさばき始めた。

両サイドの髪を編み込んで、後ろでまとめるとそこにリボンをつけた。

「クリスティーン様は額《ひたい》もお可愛らしいから、顔は全体的に出しておいた方がいいですね」

艶《つや》やかなプラチナブロンドが背中を覆うように波打っている。

「うん、やっぱりこっちの方が素敵だわ」

ジェーンは自分の作った髪形を見て満足そうにうなずいた。

ジェーンの言うとおり、鏡に映る自分はいつもより少し見栄えがいいような気がする。

「…ありがとうございます」

「いいえとんでもないっ！　お支度のし甲斐があってこちらこそうれしいです」

大げさに言うジェーンを見てクスクスと笑ってから、クリスティーンは父を亡くしてから初めて自分が声を出して笑えたことに気がついた。

（お父様…私、なんとかここでやっていけそうな気がします…）

今は亡き父に心の中でそう報告する。瞳の奥に優しかった父の笑顔が浮かんで、クリスティーンはそっと涙をぬぐった。

「さ、急ぎましょう、ご主人様ももう起きてこられる時間ですから」

「え、ええ」


急いで支度を終わらせて食堂に向かったが、そこには執事のエイミスしかいなかった。

「え！　もう外出されてしまったんですか？」

「突然予定が変更になって、先ほどお出かけに…」

エイミスの言葉を聞いた途端、クリスティーンは玄関に向かって勢いよく方向転換した。

「あっ！　クリスティーン様っ」

後ろからジェーンの声が聞こえた。

(急がなくっちゃ、急がなくっちゃ)

クリスティーンはどうしてもエドワードに会いたかった。

会ったこともない後見人。

叔父や従兄妹たちにうらやまれるほどの資産家で、大都会ロンドンの一等地に居を構える雲の上の人。

長い廊下の向こうに、今まさに出て行こうとする男性のシルエットが見えた。

顔はよく見えなかったけれど、すらっとした長身で、長い脚を余らせるようにゆったりと歩く姿は、優雅で生まれついての貴族という雰囲気がした。

間違いなく、そこに立っているだけで気品を感じさせる佇《たたず》まいをもった彼を、仕立ての良さそうなグレーのスーツがますます高貴に引き立てていた。

ドアから差し込む外の光に金髪がキラキラと輝いている。

(あれが…エドワード様…)

遠目ではあったが、どんな少女も一度は憧《あこが》れる、夢のような貴公子を具現化したかのようなエドワードの姿を見て、クリスティーンは我知らずうっとりと見とれてしまった。

それと同時に、想像していた以上に貴族然とした彼の姿を見て、クリスティーンは不思議な既視感を覚えた。

（…こんなに素敵な方にお会いしたことなどないはずなのに、どこかで会ったことがあるような気がする…）

自分の中に芽生えた不思議な思いに気を取られて、クリスティーンはそこから一歩も動くことができなかった。

扉を開けて出て行く直前、エドワードがチラリとこちらを見て微笑んだような気がしたが、気のせいかもしれない。

（エドワード様…）

「お会いできましたか？」

追いついてきたエイミスがそう声をかけてきた。

「いえ…」

遠目に姿だけは見えたのだが、会えたとは言えなかった。

少し気落ちしているクリスティーンを見て、エイミスが優しそうにこう言った。

「ご主人様からクリスティーン様に、書庫のカギをお預かりしています」

「書庫？」

「はい、手持ちぶさたになさっているようなら、書庫にある本を読まれるようにとのことです。クリスティーン様はお父様に似て子供の頃から読書家でいらっしゃるからとおっし

ゃってました」

「エドワード様がそんなことを…」

それを聞いてクリスティーンの胸の中の疑問が確信に変わった。


やはり、エドワードは子供の頃によく遊んでくれた『おにいちゃま』に間違いない。

まだ小さかった頃、覚えたての字を読むのが楽しくて毎日絵本を読んでいた。

時々わからない難しい単語が出てくると、彼が優しく教えてくれたことを思い出した。

すっかり忘れていたはずの記憶が、ひとつひとつ思い出されてゆく。

なぜ、こんなにも楽しかった思い出を自分は忘れていたのだろうと考える。

(多分…お別れした時とても悲しかったから、悲しすぎて忘れてしまったんだわ…)

どういった事情だったのかは当然記憶にないのだが、おにいちゃまとの別れは唐突にやってきた。

何週間か何カ月かは忘れてしまったが、一緒に過ごして暮らしていたある日、黒い服を着た男の人たちが突然彼を迎えにきたのだ。

そそくさと荷物をまとめ、慌ただしく迎えの車に乗ろうとするおにいちゃまに泣いてすがりついた。

行かないで、と駄々をこねるクリスティーンを優しく抱きしめると、彼はこう言った。

「可愛いクリス、僕もずっとここにいたいんだよ」

「それならどこにも行かないで、ずっと一緒に遊んでほしいの」

「そうはいかないんだ。僕は家に帰らなくちゃいけない。いつか必ずまた会えるから。周りの都合に振り回されない大人になったら、僕はきっとクリスに会いにくるよ。どうか聞き分けておくれ、お願いだから」

優しく微笑んだおにいちゃまの瞳は悲しそうだった。

彼の言葉を信じて何年かは夏になるたびに彼の訪れを待っていたが、父が彼はうちにくるような身分の人ではなくなったんだよ、と言っていたのを聞いたからだと思う。

父が亡くなり、後見人として名乗り出てくれた彼の元にやってきて、同じ貴族でも格が違うのだということをクリスティーンはひしひしと感じた。

クリスティーンは教育こそきちんと受けることはできたが、こんな立派な屋敷で使用人に囲まれるような生活をしたことはなかった。

「お言葉に甘えて、書庫の本を見せていただいてもよろしいですか？」

「もちろんです。書棚が高いので踏み台を用意した方がいいかもしれません」

突然やってきたクリスティーンにどう接すればいいのか戸惑い気味だったエイミスに、書庫を見たいというクリスティーンの言葉は渡りに船だったに違いない。


その日から、昼間はずっと書庫にこもって本を読む暮らしが始まった。

ポートマン家の書庫は素晴らしく充実していてクリスティーンが飽きることはなかった。

高価な画集や立派な装丁の本があるかと思うと、気軽に読める小説もあった。

エドワードがエイミスに言った通り、父に似て読書家のクリスティーンにとってその書庫は、宝の山のような遊び場所だった。

「エイミスさん、お願いがあるんですけど…」

「なんでしょうか？」

「今夜、エドワード様がお帰りになったら、自由に書庫に出入りさせていただけるお礼を言いたいのです」

「承知しました。ではお帰りになったらエドワード様のお部屋にご案内しましょう」

「ありがとうございますっ！」

（やっとエドワード様に会える……！）

クリスティーンの心は子犬のようにウキウキと弾んだ。


その日の夜、クリスティーンはエドワードが帰宅した旨を伝えに来たエイミスに礼を言って、エドワードの居室の前に立っていた。

勇気を出してドアをノックする。

トントン。

応えがない。

もう一度ノックする。

トントン。

やはり、何の返事もない。

（もうお休みになってしまったのかしら？）

帰宅したばかりだと聞いてやってきたのだが、もしかしたら休んでしまったのかもしれない。

（もう一度だけ……）

トントン。

「誰？」

最後の勇気を振り絞ったノックに、中からまさかの応《いら》えがあった。

「…もしかして、クリスティーン？」

「そ、そうです！」

（エドワード様だわ！）

扉の向こうから少し低くて艶のある、優しそうな、そしてどこか懐かしい声が聞こえた。

「あっ、あの…」

「ごめんね、今、シャワーを浴びたばかりでレディの前に出られるような恰好《かっこう》じゃないんだ」

すまなそうな声でそう言われて、クリスティーンは改めて非常識な時間に訪れてしまったことを反省した。

「あ…いえ、こんな時間にお部屋に押しかけてしまって…本当に申し訳ありません」

「何か急用かな？」

「あ、あの書庫の…」

書庫のお礼を、と言おうとする前にエドワードが応えた。

「自由に使ってくれて構わないんだよ。本はしまっておくためにあるわけじゃないからね」

「は、はい、ありがとうございます」

「喜んでくれてよかった。もう遅いから、休みなさい」

「…はい、夜分にすみませんでした。おやすみなさい」

「おやすみ、クリスティーン。良い夢を」

最後の言葉を聞いて、クリスティーンはびっくりした。

（おやすみ、クリスティーン。良い夢を）

夢の中でおにいちゃまが優しく囁《ささや》いてくれた、おやすみの挨拶と同じだったからだ。

部屋に戻る間、クリスティーンはずっと夢の中のおにいちゃまの声を思い出そうとしていた。

とても優しくて気持ちよかったことは鮮明に覚えていたが、先ほど聞いたエドワードの声と比べると、とても似ていると思えばそんな気もするし、そうではないと思えば少し違う気もした。

（でも…）

少し低くて優しそうなその声を最初に聞いた時、クリスティーンはなぜか懐かしい気持ちがしたことを思い出す。

（やっぱり…とても似ているわ…）

夢の中で優しくクリスティーンを可愛がってくれたおにいちゃまの声とよく似たエドワードの声を思い出すと、少しドキドキした。

（ダメダメっ何を考えているのかしら私ったらっ）

夢の中の甘い囁きを思い出しかけて、クリスティーンは慌ててそれを打ち消した。

後見人であるエドワードの声を聞いて、あの夢を思い出すことが、なんだかとても不謹慎な気がしたからだ。

（でも…やっぱり似ている…）

考えまいと思えば思うほど、悶々《もんもん》とした気持ちが湧《わ》いてきて、その日の夜はなかなか寝付くことができなかった。

（エドワード様…あの声…おにいちゃま？）

第二章

クリスティーンは書庫でポートマン家の歴史が書かれた本を見つけた。

ポートマン家はイギリスでは五本の指に入る名家で、現在では手広く土地開発をはじめとする不動産事業などの仕事を手掛ける会社を経営していることを知った。

そして、日々を過ごすうちにエイミスから少しずつ色々な事情も聞いた。

亡くなった父は先代であるエドワードの父と知り合いで、エドワードが子供の頃家庭教師をしていたということ。

エドワードの両親は彼がまだ学生のうちに離婚し、彼の父はその後独身のまま数年前に亡くなり、エドワードがポートマン家の全てを引き継いだこと。

若くして子爵となったエドワードは引く手あまたなので、縁談の話はひっきりなしに持ちこまれるのだが、本人はそれに見向きもしないそうだ。

お喋り好きなジェーンからエドワードが独身であることや、資産家でハンサムなエドワードには断っても断っても縁談が泉のように湧いてくることはポートマン家にやってきてからすぐに聞いていた。

「エドワード様はなぜ独身なのですか？」

「そうですね……」

最初は堅苦しかったエイミスも、近頃はジェーンほどではないにせよ少しくだけた話をしてくれるようになった。

「お若い時にご両親がそういう理由で離婚されたのが原因なのかなと思うこともあります」

「そういう理由？」

「お互い、伴侶《はんりょ》がいるのに別にパートナーをつくってしまったということです」

「……あ」

男女のことに疎《うと》いクリスティーンにも、エドワードの両親の関係がどんなに冷え切っていたものなのかは想像がついた。

ただ、エイミスやジェーンの話を聞く限りでは、貴族にとってそういう結婚生活をしていることは、決して珍しいことではないらしい。

家柄や資産のバランスを考えて結婚し、子供をつくったら後は自分の好きなことをする、そんな名ばかりの夫婦もたくさんいるのだそうだ。

同じ貴族でも愛情で結ばれた両親のもとに生まれたクリスティーンには想像しがたい世界だった。

「結婚って、好きな人とするものじゃないんですか？」

「もちろんそれが祝福された正しい姿だと思います。けれども、すべてがそうした幸福に満ちたものだとは限りません」

「…難しいんですね」

「そうですね。我々の世界でもそうなんですから、エドワード様の住む世界ではもっと難しい複雑な理由があるのかもしれません。エドワード様はだから三十を過ぎてもまだ独身でいらっしゃるのではないかと思っています」

おそらく、長年執事として仕えてきたエイミスの言うことが正解なのだろう。

エドワードは両親の離婚というトラウマと、特権階級の貴族であるしがらみのために家庭を持つことから遠ざかってしまっているようだ。

（そんなところに、私のようなお荷物まで…）

いくら父が頼んだからとはいえ、クリスティーンを引き取ったことで、ますますエドワードの結婚話が遠ざかってしまったらと思うと、クリスティーンは肩身の狭い気持ちになった。

きっとエイミスやジェーンたち使用人も自分のことを持て余しているに違いない…クリスティーンはそう思っていたが、ポートマン家の使用人たちの本音は少し違っていた。

父親を亡くしたクリスティーンを引き取るという話が出て以来、使用人たちの間ではクリスティーンは強引にポートマン家に乗り込んできて花嫁に収まるつもりの女なのではないか？　という噂《うわさ》がたっていた。

なにせラブレス家などという名前を聞くのも初めてだったし、ましてやまだ若い主人が後見人になって十代の女性を引き取るという話自体が、荒唐無稽《むけい》に思えたからだ。

どんな図々《ずうずう》しい田舎娘がやってくるのかと待ち構えていたのだが、クリスティーンは清《せい》楚《そ》で美しく、とても控えめな性格で、使用人一同少々拍子抜けしてしまった。

奥ゆかしいく気品を感じさせるのは、貴族としての教養をきちんと身につけている証拠だったし、質素なドレスを身に纏いながらも隠しきれない美しさは、将来この美少女が素晴らしい貴婦人になることを容易に想像させることができた。

それでいて年相応の幼さを持ち、気取ったところがないクリスティーンと触れ合った使用人は、みんなすっかり彼女のことを大好きになってしまった。

そうなってみると、今度はぜひクリスティーンのような女性が我が主人と結婚してほしいと使用人たちは思い始めたが、当の主人は仕事が忙しすぎて、クリスティーンと会う時間すらなかなかつくれない。

「まったくもう！　ご主人様ときたら何を考えてるのかしら！」

「ジェーン、声が大きいよ」

「だって！」

書庫にこもったクリスティーンを邪魔しないように、ジェーンは庭に出て、厨房《ちゅうぼう》の手伝いのジャガイモ剝《む》きをしていた。

ジェーンなどはこの件でイライラしているのだが、まさかそんなことをクリスティーンに言えないので、イライラは日々募るばかりだ。

「今、建設中のビルのことでエドワード様はとても忙しいんだ」

「それはそうだけど…」

ジェーンは憤懣《ふんまん》やるかたないといった風情で、鼻息を荒くした。

「クリスティーン様はとっても落ち込んでるの。最近では自分は招かれざる人間だったんじゃないかって思ってるみたい」

クリスティーンが屋敷にやってくるまでは、実際にその通りだったので、エイミスは言葉を返せなかった。

「この前なんて、自分のようなものが外で人目についたら、エドワード様の評判が悪くなってしまうかもしれないので、外出したくないって」

「…そんなことを」

「そうなのよ」

ジェーンは自分のことのように顔を曇らせた。

使用人の中でもクリスティーンに一番触れ合う機会が多いジェーンは、最もクリスティーン贔屓《びいき》だ。

いつもクリスティーンがいかに可愛らしくて性格が良いか、使用人の自分に対してきちんとした礼を持って接しているかを、仲間内に自慢のように話している。

そんなジェーンだからこそ、主人の配慮のない行動のせいですっかり落ち込んでしまっているクリスティーンが可哀想で仕方ないのだろう。

(とはいえ、うちの主人もなかなかの曲者《くせもの》だからな…)

ジェーンの話を聞いて、エイミスは内心そう思った。

悪い人間だとは思っていないが、昔から容姿端麗、頭脳明晰《めいせき》で女性からの憧れを一身に受け続けている我が主人が、一風変わった人物であることをエイミスはよく知っている。

クリスティーンにはああ言ったが、エドワードは両親の離婚のトラウマで結婚をしないというわけではなく、人と関わり合うことに興味がないのではないか？　と思うことがある。

独身主義者と言ってしまえばそれまでだが、物事をいつも俯瞰《ふかん》で見ているような飄々《ひょうひょう》としたところがあり、女性からどんなに熱烈なアプローチを受けても、あっさりと断ることに何の心の痛みも感じていない様子が見て取れる。

「僕の顔に何かついているかい？」

今日も今日とて、夜もすっかり暮れてから屋敷に戻ってきた主人を出迎え、昼間の話を思い出していたらそんなことを言われた。

「いえ、何も」

エドワードは端正な顔立ちを少し歪《ゆが》ませて、困ったような顔で笑った。

少し酒を飲んできたらしく、白皙《はくせき》の頬が少し上気している。

少し酔いが回って色づいた目元でこちらを見る様は、本人にはその気はないのだろうが、全ての動作が思わせぶりに見える。

我が主《あるじ》ながら『これで女性にモテないわけがない』と思うほど艶っぽい。

「いや、エイミスがそういう顔をする時は、絶対に何か言いたいことがある時だ」

「…そうですね」

「クリスティーンのこと？」

「はい」

エドワードはわかっている、と言わんばかりに大きなため息をついた。

「僕はねえ、エイミス」

酒に酔っているせいか、今日のエドワードはいつもより少し饒舌《じょうぜつ》だった。

「人を愛するということがよくわからないんだよ」

返事に困る内容だったので、エイミスはただ傍《そば》に控えていた。

「エイミスの奥さんは亡くなったんだっけ？」

「はい、そうです」

妻が亡くなったのはもうずっと以前のことだった。

「今でも奥さんを愛してる？」

いつもならこんな不躾《ぶしつけ》な話をするような主人ではないのだが、やはり今夜は少し酔っているようだ。

酔っている時ほど人は本音が表れるので、息子のように歳の離れた主の質問にエイミスは誠実に答えた。

「そうですね」

「もういないのに？」

「はい」

主人は表情を曇らせた。

「それが愛というものなら、ますます僕にはわからない」

聞きようによっては、恐ろしく不謹慎な言葉を呟《つぶや》いたエドワードの美しい横顔には、度しがたい寂寞《せきばく》が漂っていた。

愛する人がそこにいなくなったとしても、愛という感情をすぐに放棄できるほど、人の心は単純なものではない。

理屈ではわかっていても、そこにいない人を愛する気持ちを持ち続ける感情そのものを、自分の主人は実感として理解できないのだろうと思った。

幼少の時から、両親の愛情に恵まれていたとは言えないエドワードの生い立ちを考えると、それもまたやむを得ないことなのかもしれないとエイミスは思った。

だが、そんな屈折して世の中を斜めに見るところがある自分の若い主人をとても愛していた。

子供の頃から大人びた頭のいい少年だったが、物事の分別を早いうちからきちんと理解した心根の優しい少年だったことを思い出す。

古くから屋敷に仕えているエイミスは、少年の家庭教師をしていた茶色い瞳の青年のことをよく覚えていた。

優しく穏やかな青年だった。賢そうな額がクリスティーンと少し似ていたかもしれない。

エドワードが屈折していながらも、優しく聡明《そうめい》なのは青年の影響なのではないかと思っている。

早くに亡くなった先代も、貴族独特の悪《あ》しき風習に染まってはいたが、決して冷たい人ではなかった。

冷え切った妻との間に生まれた我が子に、自分に代わって人の心の機微を教えてくれる大人をあてがっていたのだとしたら、それは先代なりの不器用な愛情だったのだろうと思う。

口には出さないが、本当はジェーンよりもエイミスの方がエドワードとクリスティーンが結ばれることを切実に願っている。

不器用な先代が、我が子に人の愛を伝えるために選んだ青年の残した一粒種。

クリスティーンはあらゆる意味で、宝石のような女の子だと思えた。

そんな宝物を得ることによって、エドワードの人生が愛と祝福に満ち溢れたものになってほしい。

親子二代にわたって仕えてきた執事のエイミスは心の底からそんな未来が見たいと願っていた。

しんとした夜が好きだ。仕事を終えて疲れた身体を包む、この静かな闇が好きだ。

人の属性を光と闇で分けるとしたら、自分は間違いなく闇に属する人間なのだろうと思う。

（っていうか、人間はだいたいが闇だよね）

性善説を信じるほど素直ではないエドワードはそう思いついてクスッと笑った。

父も母も悪人であるとはまでは言わないが、善人だとは決して言えない。

自分の産んだ子供と離れて新しい恋人と生きる道を選んだ母。

母と別れる前から、母以外の女性との芳《かんば》しくない関係を隠すことすらしなかった父。

そして、そんな二人を自然に受け止めた幼い自分。

自分たち家族の肖像は、悪というほど積極的なものではないけれど、上辺だけが美しく繕われた歪《いびつ》なものだった。

なので、父と母が離婚した時は、とうとうその時が来たか、と思いこそすれ、なぜ？　どうして？　といった疑問はもちろん、淋《さび》しいから別れないでほしい、などという子供らしい感情は一切湧かなかった。

そもそも自分にあまり興味がなさそうだった母という役割が違う女性と挿《す》げ替えられたとしても、今までの生活とさほど変化はないだろうと思ったからだ。

しかし、予想に反して父は再婚しなかった。

父と二人の生活は、はたから見れば味気なく見えたかもしれないが、それなりに理解し合った快適な生活でもあった。

皮肉なことに父と母が離婚して初めて、エドワードは自分の家に安寧を見出《みいだ》したともいえる。

（闇の中の一筋の光みたいなものだ）

一筋の光と言えば、少し前まで仕事で疲れた身体を引きずるようにして帰り、そのまま泥のように眠っていたエドワードだったが、最近は新しい日課ができた。

クリスティーンは知らないことだが、ポートマン家の書庫の横には主人専用の書斎があり、書斎には書庫にいる人間からは鏡にしか見えない隠し窓がついていた。

おそらく、先代か先々代が書庫で怠《なま》ける使用人をこらしめるために、悪戯心で作ったものだと思うのだが、時々、所用で家に帰ってくるとそこで本を読み耽《ふけ》るクリスティーンの姿を見ることができた。

最初はなんだか悪いことをしているような気がして後ろめたかったのだが、無心で本を読むクリスティーンを見つけるとついつい目を奪われてしまう。

書斎には自分しかいないし、どうせ向こうからはこちらは見えないのだと開き直って、今ではそういう時は思う存分クリスティーンの様子を観察することにしている。

賢そうな瞳と、柔らかな髪は太陽に当たったことがないのではないか？　と思うほど、透明感があって、ほっそりとした手足によく似合っていた。

サクランボのような小さな口唇が、本に夢中になっているとほんの少し開いているところが、なんとも可愛らしい。

本を読むことに少し疲れたのか、クリスティーンが小さなあくびをした。

我知らずエドワードの顔が綻《ほころ》ぶ。

そのままこっくりこっくりと舟を漕《こ》ぎだしたクリスティーンの長い髪が、さらさらと肩から流れるように落ちて行く。

清らかでいて、官能的なその姿を見てエドワードは唇を噛んだ。

クリスティーンがロンドンにやってきたと聞いて、一目だけでもその姿を見たくて寝室にそっと忍び込んだ。

忙しい時間の合間に、可愛いクリスティーンのためにと選んだ品々の真ん中に、美しい髪をしどけなく乱した美しい眠り姫がそこにいた。

無防備に眠るクリスティーンの髪を見て、甘美な記憶が読みがる。

(僕はあの髪に触れてしまった…)

すっかりきれいになってしまったクリスティーンに子供の頃の面影を見つけるたびに、胸の奥から温かい気持ちがこみあげてくるような気がした。

エドワードにとってクリスティーンは一筋の光どころか、光そのものと言っても過言ではなかった。

一片の曇りもない青空であるとか、眩《まばゆ》いほどの煌《きら》めきであるとか、平素のエドワードなら一笑に付す言葉も、眩いばかりのクリスティーンの前ではその存在を認めざるを得ない。

幼い日に行かないでとすがって泣いていた美少女が、そのままの清らかさで成長しているのを見てエドワードは感動に近い感慨を持った。

あまりに眩しすぎて、引き取ってからこっちまともに顔を合わせるのを躊躇《ちゅうちょ》してしまうほどだった。

（ラブレス先生、クリスティーンはとても健やかに育ちましたね）

亡くなった先生が、そうだろう？　と優しく微笑んでいるような気がした。

怜悧《れいり》な容貌で常に理路整然と言葉を紡ぎ、周囲に酷薄な印象すら与えかねなかったエドワードの父が唯一信用していたのが、家庭教師のラブレス先生だった。

ラブレス先生は父の同級生だったらしい。童顔で誠実そうな瞳をした先生のことは、初めて会った瞬間から大好きだった。

あの父が先生の前では時々微笑むのだ。エドワードが父親の笑顔を見たのは、その時が初めてだったかもしれない。

ラブレス先生には、砂糖菓子のように甘くて宝石のように可愛らしい、クリスティーンという小さな娘がいた。

兄弟のいなかったエドワードにとって、無条件で慕い甘えてくるクリスティーンは、あっという間に何にも代え難く愛しい存在となった。

ずっと一緒にいられたらいいのに、と言ったら『君がクリスを守ってくれるなら』と先生が言った。エドワードは『もちろん』と答えた。

約束というのはそのくらいシンプルな方がいい。

けれど、その約束はエドワードにとって絶対だった。

(僕はラブレス先生との約束を果たさなくちゃいけない)

優しくて誠実だったラブレス先生、その一粒種のクリスティーン。

この二人はエドワードの中で決して闇など持ってはいけない光の象徴ともいえた。

今夜はもう遅いから、クリスティーンの寝室に寝顔を見に行こうとエドワードは立ち上がった。

疲れきっていた身体が、クリスティーンの様子を見に行くと考えるだけで軽くなるような気がする。

可愛いクリスティーンを起こさぬように、そっと気をつけながら寝室に忍び込んだ。

少し少女趣味かな？　と思うほど甘いテイストの調度品は、全てエドワードがクリスティーンのために選んだものだった。

砂糖菓子のように甘くて可愛かったクリスティーンを思い出しながら部屋を整えているうちに、お姫様のような甘い寝室が出来上がってしまったのだ。

そして今日も、この寝室の主役は輝くような豊かなプラチナブロンドを波打たせ、可愛らしい寝顔で眠っていた。

賢そうに秀でた額をそっと撫でると、子犬が寄り添うように頬を擦り寄せてくる。

（かわいいクリスティーン）

（君には絶対に幸せな人生をあげるからね）

エドワードはクリスティーンを起こさないように頬に口づけると、煙《けぶ》るような長い睫毛《まつげ》に見とれた。

ふと、可愛くて純粋なクリスティーンが彼女に相応しい誠実な伴侶と可愛い子供たちに囲まれた、幸せな家庭を築く未来を思い描いてみる。

（可愛い子供たち？）

クリスティーンの幸福な未来を考えたところで、エドワードの思考がストップしてしまった。

まだ見ぬクリスティーンの未来の伴侶のことを考えると、なんだか少しイライラする。

（どこかの男と子供をつくるというのか？）

家庭を持つということはそういうことだと思いついたところで、エドワードは美しい眉を顰《ひそ》め、ギリッと口唇を嚙みしめた。

不愉快だった。

知らない男に抱かれて幸せそうに微笑むクリスティーンの姿を想像するだけで、度しがたいほどの凶暴な気持ちがこみあげてくる。

自分自身、ただ顔を見るために訪れた寝室で、つい我慢できずに触れてしまったクリスティーンの身体を思い出す。

甘い、甘い魅力に溢れた身体だった。

後見人としてこんなことをしてはいけないという気持ちは持っていたが、クリスティーンの身体の甘い誘惑に打ち勝つことができなかった。

そして、その後、途轍《とてつ》もない後悔の念に打ちひしがれた。

たおやかでほっそりとした、柔らかな肉体、自分の指先で震えるように達したその甘美な姿、記憶の中のクリスティーンの乱れた姿が美しければ美しいほど、その身体に触れてしまったことを後悔した。

自分は後見人としてクリスティーンを幸せにしなくてはいけない。

先生の忘れ形見であるクリスティーンを大切にしなくてはいけない。

欲に塗《まみ》れた大人どもからクリスティーンを守らなければいけない。

そう思っていたはずの自分が、男としての欲望に負けてしまったことが心底情けなかった。

もう二度とクリスティーンに触れてはいけないと思ったものの、魅力的なクリスティーンを見るたびにその心は揺らいでしまう。

そして、再びクリスティーンの未来の幸せを想像して、エドワードの顔には無意識のうちに不快感が露《あら》わになっていた。

(見知らぬ男に抱かれるというのか)

クリスティーンの幸福な未来像の中の、そんな選択肢にエドワードは怒りに似た感情を覚えた。

先生との約束を守ろうと計画している思考から逸脱し始める自分の感情を持て余しながら、その寝顔を見つめていると、クリスティーンがいやいやと首を振った。

「…クリス…?」

「…お…にいちゃま…まって…」

夢の中で自分の後を追っているのだ、そう気づいた途端、愛しさがこみあげてエドワードはクリスティーンの口唇についばむだけの小さな優しいキスをした。


クリスティーンは可愛らしい桃色の口唇から小さなため息をついた。

(エドワード様は私を避けてるのかしら?)

父との約束通りに引き取ってはみたものの、どうしたものかと持て余して、顔を合わせないでいるのかもしれない。

毎日、毎日、今日こそはと思ってエドワードに会いに行くのだが、そのたびに空振りで、だからといって仕事先まで押しかける勇気も、図々しさも持ち合わせていないクリスティーンの心はすっかり消耗し限界に近づいていた。

思いつめるあまり食が進まず、元々細かった身体がますます痩《や》せてしまった。

エドワードが子供の時に遊んでくれたおにいちゃまだと確信してから、会いたい気持ちはどんどん慕っている。

（どうして会っていただけないのかしら…）

考えると涙が溢れてくる。

お気に入りのシルクの寝間着に身を包み、ベッドに入るとフワッと身体の力が抜けて行く。

初めて屋敷にやってきた時に見た、優しく官能的な夢の記憶が心と体を解してくれるのだ。

（また、おにいちゃまの夢がみたい…）

そんなことを考えながら、クリスティーンは眠りに引き込まれて行った。

夢の中でクリスティーンは誰かの口づけを受けていた。

柔らかいものがクリスティーンのサクランボのような口唇に触れた。

音を立てて、ついばむような小さな優しいキスが繰り返される。それが誰かの口唇であることはすぐにわかった。

(おにいちゃまなの？　エドワード様？)

半分眠ったような状態で、クリスティーンはとても嬉しい気持ちになった。

エドワードに会えないことで寂しくなっていた心が温かいもので満たされて行く。

『おにいちゃま…』

『クリスティーン、いい子だね』

幼い子に言うような言葉が聞こえて、クリスティーンは思わず微笑んで自分にキスをしている誰かに抱きついた。

(…？)

抱きついた途端、たくましい胸に包まれてクリスティーンは仄《ほの》かに覚醒《かくせい》した。

これは夢ではないのかもしれない、ぼんやりとした頭でそう思った。

『起きてしまった？』

『…ん…おにいちゃま…』

『…声を出さないで。誰かに気づかれてしまうから』

すぐ近くに寄せられた美しい顔が、悪戯っ子のように微笑んだ。
『え…どわーど…さま…？』
『さっきまでは昔みたいに、おにいちゃまって呼んでいたよ』
『……』
クリスティーンは恥ずかしくなって身体を離そうとした。
けれど、エドワードの腕にしっかりと捕まえられていて、身体を離すことができない。
『…おにい…ちゃま…ううん…エドワード様…えっと…』
『クリスティーン、そんなことはどうでもいいよ』
頬に口唇を寄せながらエドワードが囁くようにそう言う。
吐息が愛撫のように頬に降りかかって、クリスティーンはうっとりとした。
『ごめんね』
『……？』
『君が初めてここに来た日、会いたくて我慢できなくてここにやってきてしまった』
『…！』
あの官能的な悦《よろこ》びに満ちた夢を思い出して、クリスティーンは身体が熱くなった。
恥ずかしさで真っ赤になっていたクリスティーンは更なる羞恥《しゅうち》に今度は白くなった。
『…』

『幼かった君が想像以上に美しくなっていて…思わず触れてしまった』

エドワードは触れてしまった、と軽く言ったが、あれはそんな簡単なものではなかった。

『ごめんね』

エドワードの言葉に、クリスティーンは軽い憤りを覚えた。

『どうしてあやまるの?』

言いたいことはたくさんあったが、頭の中がぼんやりして声が出ない。

私は嬉しかったのに。

おにいちゃまに会えてとても嬉しかったのに。

エドワードの手が置かれている場所から身体がどんどん熱くなって、またあの時のように触れてほしい気持ちがこみ上げてくる。

心臓が脈打つ音だけがクリスティーンの頭と体に響いていた。

驚きと羞恥、困惑と動揺。そんな感情がクリスティーンの脳裏をかわるがわる飛び交っていたが、そこに怒りや憤りといった感情はなかった。

むしろ、もう一度あの夢が見たい、そんな期待に満ち溢れている。

エドワードはちゃんと自分に会いにきてくれていた。

あの夜、エドワードは自分に触れたことで大きな喜びを感じてくれた。

自分はエドワードにとって邪魔ものではないのだ、そう思った途端、クリスティーンの瞳から涙がこぼれおちた。

『…クリス？』

突然涙を流したクリスティーンを見て、エドワードが不安そうに顔を曇らせた。

『どうしたの？』

『……』

クリスティーンはもう一度、控えめにエドワードの肩に手をまわし、そっと抱きついた。

『う…れし…』

『クリス…？』

『うれしい……』

『…クリスティーン』

エドワードの手に力がこもった。

『…また会えて嬉しい…』

エドワードが覆いかぶさるようにして、むさぼるような激しいキスをしてきた。

クリスティーンは小鳥のように可愛らしい口唇を一心に開いてキスに応じる。

テクニックも何も知らないので、ただただ、エドワードの舌に翻弄されるばかりだが、
それでもなんとか受け入れようと努力した。

どんなことをされても、何一つ、エドワードのすることを拒みたくない。クリスティー

ンはそう思っていた。

『そんな可愛いことを言って…また触れたくなってしまうよ…』

『エドワード様…』

エドワードの手が遠慮なくシルクの寝間着の中に忍び込んでいく。

形のいい小さな胸がすっぽりとエドワードの手の中に収まった。

手の中で弄《もてあそ》ぶように揉まれる。

『…あ…あ…』

『かわいいクリスティーン…』

あっという間にピンク色の乳首が屹立《きつりつ》して、お腹の奥が熱くなるような快感が走った。

『…ふぅん…あっ…』

エドワードは胸に触りながら軽くキスをすると、耳元で囁いた。

『感じる？』

クリスティーンは瞳を閉じたまま、声を出さずにコクンとうなずいた。

エドワードは満足そうに微笑むと、もう一度ついばむようなキスをした。

『どうしようクリス。君のことが可愛くて可愛くて、どうしたらいいかわからないくらいだよ』

『…あ…』

胸で戯れていたエドワードの手が、滑らかな腹部を通り過ぎ、仄かな茂みが彩るクリスティーンの小高い丘に辿り着いた。

ふわふわとタンポポの綿毛のようなクリスティーンの叢《くさむら》を撫でるようにして、エドワードの手が戯れている。

エドワードの中指がクリスティーンの快感の源である小さな芽に触れた。

『…！』

身体が反り返るほどの快感が走って、クリスティーンが硬直した。

『ここを触るのは、僕が初めて？』

またしてもクリスティーンは声も出せずにコクコクとうなずいた。

『クリスティーン、足を開いて』

言葉に促されて足を開くと、エドワードの指はクリスティーンの身体の中心にある泉にチュプっと沈められた。

潤いを借りて、指が一番敏感な部分に戻ってくる。

少し粘り気のある潤いのまま、指が小さな芽を押しつぶすようにしてそこを擦りあげた。

『っ…いっ…あっ…』

『…すごく濡れてる』

湿った音を立てながら、上下にそこを擦りあげられると頬が熱くなってきて、何も考えられなくなってくる。

そこがぷっくりと膨らんできて、最初に触れられた時よりも更に強い快感がクリスティーンに訪れた。

『…あぁっ…！』

指の動きがどんどん激しくなり、クリスティーンは全身を硬直させるようにして昇り詰めて行くような快感に耐えた。

『ふぅ…あっ、あっ、あっ』

ひと際強く擦りあげられて、クリスティーンは身体の芯がキュッとなるような快感に全身を震わせた。

息をうまくつなぐことができないほどの、圧倒的な快感に翻弄される間中、エドワードは優しく抱きしめてくれていた。

クリスティーンが少し落ち着いて、小さく息を吐くと、エドワードは優しくキスをした。

『いったんだね』

『…？』

この前の夢の時も『いったの？』と聞かれた。

『いく…』

クリスティーンが不思議そうな顔をしていたのかもしれない。

エドワードが優しそうな声で続けた。

『女性が最も美しくなる瞬間のことをそう言うんだよ』

快感にうっとりとしていたクリスティーンの胸に、エドワードの言葉が沁み込んでいく。

『僕の手で、何度でもいかせてあげる。そしてもっともっときれいになった君を見たいよ』

圧倒的な幸福感が胸いっぱいに広がって行った。

快感の余韻と共に、他に何も考えられないほどエドワードを愛しいと思う気持ちがこみ上げてくる。

『…も…』

『ん？』

『…もっと……』

『…クリスティーン…』

すがりつくように抱きついてきたクリスティーンを愛おしげに抱きしめると、エドワードはその胸に口唇を寄せ、赤ん坊が母乳を飲む時のようにピンク色の可憐な乳首に吸いついた。

『…ん…』

口唇で胸を愛撫しながら、その指はクリスティーンの内部に忍び込んでいく。

『…ふ…あ…』

指が奥に入っていく感触に慣れることができない。

『…どうしたの？』

『あ……』

身体の奥まで男性の太い指が入っていくことに、クリスティーンは本能的におびえていた。

『痛い？』

今度は首を横に振った。

たっぷりと潤ったそこは、指を受け入れても痛みは感じなかった。

仄かな快感もあったが、不安の方が先走って最も敏感な突起を愛撫された時のような圧倒的な快感を得ることはできなかった。

『力を抜いて』

『…』

『こわくないから』

クチュッと音を立てて、エドワードの指がクリスティーンの中に入っては出て行く。

緩やかに抜き差しを繰り返されるうちに、さっきとは違ったもどかしいような快感が訪れてきた。

『……ん…』

『すごく濡れてる』

『…あ、あ、…』

ビクビクッとクリスティーンの身体が震えた。

『…ここが気持ちいいところだね』

『…あぁ…』

エドワードは一度身体を離すと、上着を脱いだ。

シャツを脱ぎ、露わになっていく広い肩幅と滑らかな肌をうっとりと見つめる。

最初はギュッと閉じていた自分の足が、今は思い切り開いていることに気づいて、クリスティーンは赤くなった。

自分はなんてはしたないんだろうと思う。

『とても、素直な身体だ』

恥ずかしさで不安になったクリスティーンを安心させるかのような、エドワードの言葉にクリスティーンの身体から力が抜ける。

エドワードが髪を撫でながら覆いかぶさるように抱きしめてきた。

細身だけれどしっかりと筋肉のついた身体が足の間に入り込んでくる。

肌と肌が密着する感触に、また身体の中心がジュンっと潤んできた。

(私の身体…おかしくなってしまったみたい…)

肌が触れただけでこんなにも気持ちよくなってしまう自分が恥ずかしかった。

（でもこれは…これは…夢だから…）

エドワードの体重がかかって、ほっそりとしたクリスティーンは身動きできなくなっている。


本当にこれは夢なのだろうか？


『もっと太らなくちゃいけないね』

『……』

『ほっそりしてるのもとても魅力的だけれど、僕が君にちゃんとご飯を食べさせてないと思われては困る』

咄嗟《とっさ》にそれはいけない、とクリスティーンは思った。

ただでさえ、自分がきたことでエドワードの評判が下がっているはずなのに、自分がやせっぽちなせいでエドワードがケチだと思われてしまったら本当に大変なことだとクリスティーンは思った。

『…明日からきちんと食べます…』

反射的にクリスティーンがそう言うと、エドワードは少し驚いた後、光がにじむように破顔した。

（エドワード様って…男性なのにとても美しい方なのだわ…）

緊張しているクリスティーンをリラックスさせようとして言ったエドワードの冗談を、あまりにも大真面目《おおまじめ》に受け止めた彼女を見て思わず笑ってしまったのだろう。

『可愛いね、本当に可愛い。クリスティーン、君は子供の時のままだ』

人は愛されて育つと愛くるしくなる。

優しくされると優しさを人に返すことができる。

今は亡きクリスティーンの父親がどれだけ彼女を愛したか、彼女を見れば一目瞭然《りょうぜん》だった。

エドワードはクリスティーンのほっそりとした白い脚を大きく開かせた。

『…？』

恥ずかしさに身をすくませたクリスティーンは次の瞬間、自分の濡れた泉に押し当てられたエドワードの口唇を感じた。

同時に再び硬くて太い指がゆっくりと自分の中に入ってきて、先ほどよりも更に甘美な快感がクリスティーンを翻弄した。

快感の源である小さな芽を、エドワードの舌が猫のように舐《な》めあげる。

『あぁ…！　いぃ…！　あ、あ、あ！』

たっぷりと潤ったクリスティーンの割れ目の真ん中を、音を立ててエドワードが吸い上げた。

『ひぃ……！』

（これは）

クリスティーンは自分の中で蠢く指に、柔らかい舌先の感触に、腰から蕩《とろ》けるような快感を覚えた。

『あ、あ』

『…』

指を動かしながら、丁寧にそこを舐められてクリスティーンは声もでないほどの快感を味わっていた。

それからしばらく、エドワードによって快感の海を彷徨《さまよ》わされたクリスティーンは、いつしか本当の深い眠りにおちていった。

（これは…）

クリスティーンは眠りに落ちる寸前に思った。

（これは夢じゃない）

第三章

すっかり暗くなった書庫で読書の目を止め、クリスティーンはもう習慣になってしまった小さなため息をついた。

一人で読書をするのが好きなクリスティーンにとって、この書庫にいる時が一番落ち着く時間ではあったが、本の世界からふっと戻ってくるたびに最後の夢で見たエドワードの蕩けるような優しい笑顔を思い出してしまう。

そして、笑顔の次にたくましい胸を思い出し、その次に繊細な指を思い出し、結局はその指に触れられて歓喜した悦びの時間を思い出す。

（私ったら…こんなはしたないことばかり考えてしまうなんて）

思春期らしい思春期も迎えずに、おっとりと育ったクリスティーンにとって時々訪れるエドワードと逢瀬《おうせ》する夢は本当に刺激的で、何をしていてもあの時の感覚を思い出してしまうほど強烈な経験だった。

そんな大変な衝撃だったというのに、多忙なエドワードは夢の中でも忙しいらしく、なかなか現れてくれないし、本当のエドワードは長期出張に出かけている。

（ううん、あれは夢なんかじゃない）

クリスティーンはもうわかっていた。

あの官能的な夢は、本当は夢ではなくて実際にエドワードが寝室にやってきていた、ということを。

最近、夢の中にエドワードが現れないのは、本当のエドワードが留守をしているからだということを。

（エドワード様はどうして私にあんな風に触れたのかしら……）

夢の中の優しくて危険な魅力に溢れたエドワードを知っていても、昼間、きちんと言葉を交わしたことはまだないのだ。

出張中なので、以前のように会えると思って肩すかしをくうことはないのだが、それでも一人きりで何日も過ごすなんて、一人遊びが得意なクリスティーン以外の少女なら退屈で死んでしまうところだろう。

幸い、クリスティーンにはエイミス経由で預かった書庫の鍵があった。

（私は今、とても恵まれているわ）

衣食住に困ることなく、自由に過ごさせてもらっている。今までも不自由を感じたことはなかったが、今までよりも贅沢《ぜいたく》に暮らしているという自覚はある。

洋服は最初にクローゼットに入っていたものだけでも多いくらいだったし、食事も申し分ないほど美味《おい》しかった。

最初はただひたすらに感謝の気持ちしかなかったのだが、夢の中の優しく抱きしめてくれるエドワードに触れているうちに、エドワードのことを考えるだけで、胸の真ん中にポッと灯《あかり》がともるような熱い想いに変わっていった。

その想いは父を失い、ぽっかりと開いてしまったクリスティーンの心の穴を、埋めてくれた。

それでも、時々父を思い出してこっそり泣いているクリスティーンを、ジェーンやエイミスといった身近にいる使用人たちは、そっとしておいてくれている。

そんな風にクリスティーンはたくさんの人の優しい心に支えられ、穏やかな暮らしを取り戻していった。

（でも…）

何一つ不自由ない暮らしの中で、エドワードとなかなか会うことができないことがとても辛《つら》く、その理由を考えると絶望的に後ろ向きなことばかり思いついてしまい、ますます落ち込んでしまう。

エドワードと会いたい、話をしたいと思って時間を合わせるための努力をしようとは思うのだが、夜中まで待って疲れて帰ってくるであろう彼に声をかける勇気はない。

（エドワード様は働きすぎなのだわ。あんな風に仕事ばかりしてらしたら、きっといつか身体を壊してしまう）

会えないことは寂しかったが、エドワードの身体のことも気になってしまう。

そんなことを考えていると、扉がノックされる音がした。

「どなた？」

「私です。お茶をお持ちしました」

ジェーンが気を利かせてお茶を持ってきてくれた。

「クリスティーン様は本当に本を読むのがお好きなんですねえ」

「本の世界に入り込めば、色んな悩みを忘れていられるから……」

後見人であるエドワードがクリスティーンにきちんと会っていないことは、使用人であるジェーンもよく知っていた。

「ご主人様も困ったものです。全然顔を見せないとか、忙しいにもほどがありますよね、まったくもうっ」

自分のことのように怒っているジェーンを見て、クリスティーンは少し心が慰められた。

「私のために怒ってくれてありがとうジェーン、でもお仕事ですもの仕方ないわ。エドワード様に後見人になっていただけただけでも感謝しなくてはいけないんですもの」

ちょっとした好奇心で後見人になったつまらない田舎娘のことなんて本気で相手にする

気もおきないに違いない…クリスティーンはそんな卑屈なことまで考えてしまった。

(いえ、そんなことを思ってはいけないわ)

(だってエドワード様はいつもあんなにお優しいんですもの!)

そう気を取り直すこともあるが、そのすぐ後にはもう、

(でも、そんなに優しい人なら、なぜ夜の寝室にはやってくるのに、お日様が昇っている時は会うことができないのかしら?)とか、

(やっぱり、私は厄介者なのかしら…)

といったネガティブな発想に傾いていってしまう。

そんな風にぐるぐると色々なことを考えて、すっかり憂鬱《ゆううつ》そうになってしまったクリスティーンを見て、ジェーンは愁眉を一層深めると何やら考えのある顔で退室していった。

「…エドワード様…」

一人になると、すぐに夢の中のエドワードの甘い抱擁を思い出す。

そして、そんな風にエドワードのことばかり考えている自分が、今、どんな状態なのかクリスティーンにはわかっていた。

実際に経験がなくても、クリスティーンはたくさんの本を読んでいたから。

その中には、めくるめく恋の話もあった。

(エドワード様に会いたい…)

こんな風に不安になって、悲観的な想像ばかりしてしまうのに、本当の気持ちは夢の中のように、いますぐ抱きしめて情熱的なキスをしてほしいと願っている。


ジェーンとそんなやりとりをし、自分の思いを確認してからしばらくしたある日。

朝、一度は目覚めたものの鬱々とした気持ちのやり場もなく、ベッドに横たわっていたクリスティーンは二度目のまどろみの中にいた。

部屋の外が騒がしい。

「…本当ですか!?」

ジェーンの声だ。

「うん、今日突然予定が空いたんだ。クリスティーンは喜んでくれるかな」

エドワード様？　半分まどろんでクリスティーンはボウッと考える。

（予定が？　空いた？）

「それはもう！　間違いなく大喜びされると思います！」

ジェーンの興奮した声がまくしたてる。

「ご主人様はご存じないと思いますが、嬉しくてはにかんでらっしゃるクリスティーン様の可愛らしさといったら…」

「知ってる」

心なしか苛立《いらだ》った声がジェーンの言葉を遮った。

「クリスティーンのことは、もう何年も何年も昔から僕が一番よく知ってるんだよ」

少し怒ったような声に聞こえたのは、気のせいだろうか？

（おにいちゃま…？）

半分夢の中にいるような気持ちで二人のやりとりを聞いていたクリスティーンの部屋のドアが開いた。


「おはよう、クリスティーン」

いつも夢で聞く低く心地よい声が実際に聞こえて、クリスティーンはうっとりと目を開ける。

「…？」

窓からは朝の日差しが差し込んで、エドワードの金髪がきらきらと煌めいていた。

優しそうな碧色の瞳が楽しげにクリスティーンを見つめている。

「寝起きもかわいいね」

エドワードが枕元に肘《ひじ》をついて、クリスティーンの寝顔をのぞき込むよう顔を近づけた。

何とも言えない良い香りがする。

(今日の夢は昼間なのかしら…)

ぼうっとした頭で数秒考え込んで、クリスティーンはようやく今の状況を理解した。

「…えっ！　えっ！　あ！」

少し寝ぼけているクリスティーンを見て、エドワードがクスクスと笑った。

「すっかり驚かせてしまったね。クリスティーン」

「え！　も、あ」

「きちんと会うのが遅れてしまって本当にごめんね」

「い、そ、あ」

『もちろんです』も、『いいえ、そんなことありません』も、うまく言えずに口をぱくぱくさせているクリスティーンを見て、エドワードが反省した体《てい》で胸に手を当てた。

「会いに来ただけで、こんなに驚かせてしまうなんて、僕は駄目な後見人だな」

「そんなことありませんっ！」

これだけはきちんと言えたので、クリスティーンはホッとした。

エドワードが駄目な後見人なわけがない。駄目なのは、エドワードの好意に甘えている自分の方なのだと頑《かたく》なにクリスティーンは思っていた。

恋する少女の一途《いちず》さでクリスティーンはエドワードの全てを心の底から信用しているのだ。

そんな気持ちが全部顔に出てしまっているクリスティーンを見て、エドワードは少し困ったように笑った。

「なので今日は改心して一日仕事を休むことにしたんだ。何せ君がやってきてから、無情な仕事のせいで全く会うことができなかったからね」

「エドワード様…」

突然やってきた思いがけない形でのエドワードとの邂逅《かいこう》に頭がついていかない。

(だって)

(本当に素敵なんですもの)

初めて明るい場所で見るエドワードは本当に王子様のように素敵で、クリスティーンは我知らずうっとりと見つめてしまったいた。

「僕の顔に何かついてる?」

「いえ、あ、えっと、いえ」

何か喋ろうと思うのだが、クリスティーンの可愛らしい舌はびっくりして上あごに張りついてしまったままだ。

「ああ、ああ、クリス落ち着いて。本当にびっくりさせてしまったんだね」

柔らかなブロンドが寝ぐせで爆発したようになっているクリスティーンを見て、エドワードは優しく微笑んだ。

「実はやっと仕事が一段落したんだ。今まで放っておいて本当にごめんね、今日は何か予定ある？」

クリスティーンに予定などあるはずがない。何も言えずに俯《うつむ》いてしまったクリスティーンを見て、エドワードはしまったという顔をした。

「そうだよね、君は生まれ育った街を離れてここにやってきて、近くに仲のいい友達もいない。そんな君をほったらかしにして、本当に僕は気が利かない」

「…そんな、そんなこと…」

エドワードに改めてそう言われ、クリスティーンは自分がいかに孤独だったのか改めて気がついた。

「ジェーンの言う通りだな」

「えっ？」

エドワードが何かを思い出して、可笑《おか》しそうな顔でそう言った。

「すごい剣幕でまくしたてていて、最初は何を言われているのかよくわからなかったんだけど、どうやら彼女は君のために怒っていると気がついてね」

「ジェーンが!?」

「そうだとも」

いかにジェーンがこの屋敷に長く勤めるメイドとはいえ、夜中に帰ってきた主人にそんなことを言うなんて、とクリスティーンは驚いた。

「こんな風に怒られたのは初めてでびっくりしたよ。そして反省した。優しいジェーンにここまでさせるほど僕は駄目なことをしていたんだってね。で、こうして朝一番に君を誘いにきたんだ」

「さ、誘いに？」

クリスティーンは誘いと聞いて、何に誘われるのか思わず身構えた。

エドワードは立ち上がって、窓辺に行くと青く晴れ渡った空を見上げた。

「今日はピクニック日和だと思わない？」

「……え？」

あまりに思いがけない言葉を聞いて、頭の中で処理しきれずにクリスティーンはきょとんとした。

「今、ジェーンが美味しいブランチを作ってくれているはずだよ、それを持って公園までピクニックに行かない？」

「え……！　あ……」

「僕と一緒じゃいや？」

「い、いいえ、いいえっ！　行きます！　絶対に行きます！　連れて行ってください、よろしくお願いしますっ」

　思いがけなさすぎる提案に、クリスティーンは嬉しくて嬉しくて、慌ててベッドから跳び起きた。

（エドワード様と！　公園に！　ピクニック！）

　いそいそと支度をするクリスティーンに、腕組みをしたエドワードが苦笑混じりに声をかけた。

「クリスティーン、僕はいいんだけど…」

「？」

　エドワードは人差し指を唇に当て、その指先でクリスティーンの頭の先から足の先まで指さした。

「そのナイトドレスよく似合ってるよ。ほんのり透けて、とてもセクシーだ」

「あ！　きゃっ！」

　夜、夢の中ではもっとセクシーなことをされているはずなのに、陽光の下で寝間着姿を見られて、クリスティーンは顔から火が出るほど恥ずかしい気持ちになった。

「僕はいいんだ、僕はね」

　慌ててベッドに戻るクリスティーンを見て、エドワードはからかうようにそう言いながら扉に向かった。

「動きやすい服を着ておいで、一緒に公園に行こう」

「はいっ！　はいっ、エドワードさまっ！」

扉の向こうから、楽しそうなエドワードの笑い声が聞こえた。


（エドワード様って、あんな風に楽しそうに笑う方なんだわ！）

夜の褥《しとね》の魅惑的なエドワードと、陽光のもとで優しく微笑んでくれるエドワードは、本当に同じ人間なのか？　と思ってしまうほど別人のように印象が違っていた。

（想像の何倍も素敵で、優しくて、面白くて、かっこよくて、それから、それから）

一緒にピクニックに行くのだと思うだけで、嬉しくて頬が熱くなる。

夜、あんなことや、こんなことをしてクリスティーンの身体を熱くさせるエドワードとは本当に別人のようだ。

触れられることは嫌ではない。むしろ嬉しかった。

気になるのはエドワードの気持ちだった。

『どうして夜はあんなことをするんですか？』と聞いてしまいたい衝動にかられる。

（いいえ）

クリスティーンはかぶりをふって、自らの思いを訂正する。

そんなことを聞いたら、エドワードはもう二度と自分に触れてくれなくなるような気がした。

（エドワード様はとても優しいし、私を大切にしてくれている）

クリスティーンは昼のエドワードも、夜のエドワードも失いたくないと思った。

幼い日に遊んでくれた『おにいちゃま』は、そのまま優しくて頼もしい素敵な紳士になっていた。

真夜中の逢瀬では知り得なかったエドワードの本当の魅力を目の当たりにして、クリスティーンは喜びと興奮と期待に胸がいっぱいになった。

「いけないいっ！　すっかり時間がたってしまったわっ」

エドワードを待たせるなんてとんでもなかった。

初めてのピクニックを前に、期待に胸を膨らませて、クリスティーンは慌てて身支度を整えた。

ジェーンの作ってくれたランチを持って、二人が近くにあるハイドパークにやってきたのはもう太陽が真上に昇ってくる時間だった。

青い空を見るのは久しぶりだと思った。

実際、今日はクリスティーンがロンドンにやってきて初めてといっていいほどの晴天、まさにピクニック日和だった。

似たようなことを考える人たちはいるようで、正午のハイドパークはクリスティーンたちのようにランチを持って遊びにきている人や、散歩を楽しむ人がたくさんいた。

「あぁ、気持ちいいなあ」

芝生の上に荷物を置くと、エドワードがうーん、と伸びをした。

(エドワード様は手足が長いから、何をしても素敵だわ)

恋するものの定石が、相手が何をしていてもうっとりとしてしまうことだということまでは、幼いクリスティーンはわかっていない。

「いつもはここに仲間と乗馬をしにくるんだけど、たまにはこういうのもいいね」

伸びをした勢いのまま、体操をするように腕を振り回すエドワードが、なんだか少年のようでクリスティーンは嬉しくなった。

おにいちゃまと呼んでいた頃に帰ったような、そんな懐かしい気持ちになったからだ。

「クリス、覚えてる？　昔こうして一緒にピクニックにきたこと」

「はい、覚えてます」

父と三人で川岸の花を摘みに行った日のことを思い出す。

「あの頃君はまだとても小さくて、僕の腰よりも身長が低かったんだ」

「…」

そんなおちびさんにも、エドワードは一人前のレディのように優しく接してくれた。

「おにいちゃま、おにいちゃまって足に抱きついてきてね」

「…覚えてます」

幼い自分のてらいのない愛情表現の話に、恥ずかしい気持ちがこみ上げ、クリスティーンは頬が熱くなった。

「僕は兄弟がいなかったから、君がなついてくれてとても嬉しかったし、とても気持ちが慰められた」

「…慰め？」

意外な言葉に思わずクリスティーンは聞き返した。

「うん、そう。とても慰められた」

エドワードはそう言うと遠くを見るような瞳をした。

「僕が君の家に行ってた頃って、ちょうど両親が離婚で揉めてる時だったんだ。家にいても見たくもない大人の揉め事を見るだけなので、先生の家に遊びに行かせてもらったんだ」

「そうだったんですか…」

大人になった今だから、なんでもないことのように話しているが、その時はきっととても辛く悲しかったのだろうと思い、クリスティーンの胸が少し痛んだ。

クリスティーンが少し悲しそうな顔をしたのを見て、エドワードが首をかしげた。

「どうしたの？」

「…事情を初めて聞いたので」

クリスティーンの言葉を聞くと、エドワードはうっすらと微笑んだ。

「そうだね、ラブレス先生は余所《よそ》の家庭の不幸を吹聴するような人ではなかったから」

エドワードに、父は人の不幸を噂するような人ではないと改めて言われて、クリスティーンは嬉しい気持ちになった。

「僕の父はね、今から考えれば愛情を表現するのが下手《へた》な人だったんじゃないのかなって思うんだ」

「愛情の表現…」

「そう、一緒にいるからって誰もが相手に愛情を抱いているとは限らないでしょう？　愛しい気持ちや、大切に思う気持ちって言葉や態度に表さないと相手には伝わらないと思うんだ」

確かにそうかもしれないとクリスティーンは思った。

亡くなった父は忙しい人だったが会うたびにクリスティーンを抱きしめてくれた。

時間のある時はクリスティーンを膝《ひざ》に抱き、折に触れ淋しい思いをさせることを詫《わ》びたり、どれだけ自分が娘を愛しているか、また亡くなった妻を愛していたかなど、色々なことを話してくれた。

幼い日から、お別れする直前まで、父との会話は愛に満ちあふれたものだったと思う。

父子家庭で淋しい思いはしたものの、愛情だけはたっぷり注がれて育ててもらった、クリスティーンは父のことを思い出して、また少し涙ぐんでしまった。

「どうしたの？」

目に涙をためたクリスティーンを見て、エドワードが心配そうに顔をのぞき込んだ。

「お父様のことを思い出してしまって…」

「…そうだね、僕も今、君のお父さんのことを思い出してた」

エドワードがクリスティーンの白い手を慰めるようにギュッと握り締めた。その碧の瞳にも淋しげな色が宿っている。

クリスティーンは淋しそうな顔のエドワードを見て素敵だと思った。

そして、今そんなことを思う自分が亡くなった父に対して不謹慎な気がして、慌てて涙をぬぐった。

「エドワード様、そろそろランチをいただきませんか？」

「そうだね、そうしようか」

ジェーンが持たせてくれた籠《かご》の中には、美味しそうなチキンや、卵とハムのサンドイッチと葡萄酒《ぶどう》まで入っていた。

「とってもおいしい…」

「ジェーンにオリーブをたくさん入れてって頼んだんだ」

悪戯っ子のようにそう言いながら笑うエドワードを見て、クリスティーンは胸が少し苦しくなった。

頬が熱い。

自分は葡萄酒に酔ったのかもしれない、クリスティーンはそう思った。

「あぁ、気持ちいいなあ。こんな休日は久しぶりだ」

エドワードはそう言うとゴロリと横になった。

「あ…！」

エドワードがクリスティーンの膝に頭を乗せてきたのだ。

「うーん、ここは柔らかくて本当に気持ちいい。お姫様、どうか僕をここでひと眠りさせていただけませんか？」

そんな風にふざけるエドワードが愛しくて、クリスティーンは、膝の上の柔らかな金髪にそっと触れた。

「どうぞ…王子様」

最後の一言は小さな声だったので聞こえなかったのかもしれない。

エドワードは満足そうな顔で瞼を閉じると、本当に気持ちよさそうに深呼吸した。

「さっきの話の続きだけどね」

「え？」

「僕の父は決して愛情がなかったわけじゃないと思うんだ」

エドワードが瞳を閉じたまま、静かにそう言った。

すっとした鼻筋と、形のいい唇を見ながら、この人はどこからどこまでも端正にできているのだわとクリスティーンは感心した。

「愛情を上手に伝えられない人だったから、だから僕に君のお父さんみたいな人を会わせてくれたのかもしれないなって思うんだ」

「…エドワード様」

「『さま』はいらないよ」

「…」

年長の、しかも自分の後見人でもあるエドワードを呼び捨てにすることなど、できるはずがないとクリスティーンは思った。

それでも、亡くなった先代の話をするエドワードが傷つきやすい少年のように愛しくて、クリスティーンは無言でその金髪をそっと撫でた。

髪に触れていたクリスティーンの指先にエドワードが指を絡める。

「あ…」

「僕に会えなくて寂しかった？」

「え…」

なんと答えていいのかわからず言い淀《よど》んでいると、エドワードが重ねて尋ねた。

「寂しかったかい？」

クリスティーンは言葉にできずにコクンとうなずいた。

エドワードは満足そうに微笑むと絡めた指をキュッと握った。

「…！」

触れ合っているのは指先のはずなのに、なぜかクリスティーンの小さな胸がキュッと痛んだ。

そしてそのときめきは指先だけで触れ合っているエドワードの胸にも響いていた。

（可愛いクリスティーン）

（でも、僕は彼女の後見人だ）

後見人とは、恋人でもなければ、ましてや伴侶でもない。

それは父や兄といった、穏やかな親愛の情で結ばれた家族でなければならない。

そしてそれはある意味、子供の頃からエドワードが欲し続けた種類の愛情でもあった。

クリスティーンの女性としての魅力に抗《あらが》いがたい気持ちを抱いているエドワードだったが、彼女のことを妹のように思っている気持ちもまた決して偽りではなかった。

小さくて可愛いクリスティーンを自分の羽の中で慈しみ、守り、幸せになってほしいと思う気持ちは紛れもない家族としての親愛の情だった。

「クリスティーン」

「はい」

「僕に家族のキスをして」

「えっ？」

カッと頬が熱くなった。

「家族としての愛情を伝えて」

（あぁ……！）

エドワードはとても優しくて温かくて、もしかしたら少し淋しい人なのかもしれないとクリスティーンは思った。

胸の奥から温かい気持ちがこみ上げてきて、クリスティーンはエドワードの口唇にそっと口唇を重ねた。

自分のキスで彼の心の中の寂しさが少しでも癒《いや》されるなら、と思って優しく丁寧に口唇を重ねた。

それはエドワードがするような激しい口づけではなかったけれど、クリスティーンの愛情が十分に伝わるものだった。

口唇を離すとエドワードが真剣な顔でクリスティーンを見つめていた。

怖いくらい整った顔立ちだった。

「…君のキスは優しいね」

「エドワード…」

エドワードから、お返しについばむような優しいキスが返ってきた。

握られた指先が愛撫されるように優しく撫でられて、頭がボウッとしてくる。

口唇を離すと、キスに満足したエドワードは再び瞼を閉じた。

今度こそ本気で午睡を楽しむことにしたらしい。

自分の膝の上で心地よさそうに眠るエドワードの顔を見て、クリスティーンはいつまでもこんな時間が続けばいいのにと思っていた。

その日を境にエドワードは毎晩、クリスティーンの元を訪れるようになった。

どんなに帰る時間が遅くなっても、絶対にクリスティーンの寝室にやってきては一言、二言会話をする。

それは昔の思い出話であったり、今日あった仕事の話であったり、また、その日会った人の話であったりと、話題は多岐にわたっていたが、会話する時はいつも必ず、エドワードはクリスティーンのどこかに触れていたが、それは夢の中で経験した触れ合いではなかった。

亡くなった父がそうしてくれたように、エドワードもまた優しく手を握りながら静かに話をしてくれた。

時折、クリスティーンの豊かなプラチナブロンドの髪に触れ、額に手を添えてくれるような時もあった。

話しているうちにまだ少し幼いクリスティーンが眠りに誘われると、エドワードは優しく髪を撫でてくれた。

その手は首筋に触れることもあったが、それ以上の場所には決して触れようとはしなかった。

エドワードの指先に与えられる快感を知ってしまったクリスティーンが、そんな風に触れられて、深い眠りに入れるはずもなく、そういう時のクリスティーンは常に『半覚醒』

といっていい状態だった。

エドワードは眠りについたクリスティーンの額に優しくおやすみのキスをし、肩をそっと抱きしめ部屋を出て行く。

熱い口づけを交わし、長い長い愛撫を繰り返していた夜が、嘘のように穏やかな今の関係をどんなふうに理解すればいいのだろう、とクリスティーンは思った。

頭の中では後見人であるエドワードと自分はこうした穏やかな関係であることが正しいのだと理解していたが、快感を受け入れてしまった身体がそれ以上の触れ合いを求めていることが、とても恥ずかしくはしたないことだと思う。

（でも…）

クリスティーンはエドワードのことを考えて、我知らず微笑んだ。

（エドワード様に手を触れられると、そこから幸せな気持ちになるの…）

毎晩の逢瀬を繰り返すうちに、クリスティーンは一人でいる時間を淋しいと思わなくなっていた。

それまでと同様、昼間はずっとエドワードのことを考えているのだが、ただ漠然と会いたいと思い続けていた時と今とでは、考えることは全く違ってきた。

今日は仕事で難しい商談があると言っていたがうまくいったのだろうか？

少し疲れている様子だったが、外出先で体調を崩したりしていないだろうか？

人と会うと言っていたけれど、もしかしてその相手は、魅力的な女性なのではないだろうか？

と、いった風に、クリスティーンの思うことは、まるで恋人を心配するかのような内容に変化していったのだ。

一線を越えようとしないエドワードとの関係とは裏腹に、クリスティーンにとってエドワードは家族であり、恋人であり、世界の全てになっていった。

そんなエドワードと毎晩のように語り合う生活はとても幸福なものだったが、穏やかな幸福を享受すればするほど、快感に我を忘れた甘美な夜のことを思い出してしまう。

夢の中で与えられていた悦楽はクリスティーンにとって、当初の戸惑いから掛け替えのない悦びに変化していた。

エドワードしか触れたことのないクリスティーンの秘密の花園は、いつも愛と歓《よろこ》びに溢れ潤いを湛えていた。

しかし、今はそんなことが嘘だったかのように、エドワードは決してクリスティーンに触れてこない。

彼の言葉の端々にはクリスティーンに対する温かな気持ちが垣間《かいま》見えるのだが、二人の関係は、後見人と被後見人でしかなく、その会話の中に愛であるとか、恋であるとか、感情に言及するようなことは一切なかった。

エドワードが何を考えているのか、その気持ちは皆目見当がつかなかったが、そのことに言及したら、この穏やかで幸福な時間が終わりを迎えてしまうような、そんな恐怖を感じて決定的な一言を口にすることができなかった。

（私はエドワード様が好き）

クリスティーンの気持ちははっきりしていた。けれど。

エドワードの訪問を受け入れ、おやすみのキスの後、一人部屋に残されたクリスティーンが考えることはいつも、そのことだった。

（エドワード様にとって私はどんな存在なのかしら…）

どんなに考えても、クリスティーン一人ではその答えを見つけることはできなかった。

（エドワード様は私のことをどう思っているのかしら…）

第四章

「クリスティーン、最近とてもきれいになったね」

「え?」

ふとエドワードからそんなことを言われ、クリスティーンは返す言葉を失った。

もしそれが本当なら、エドワード様を好きだという気持ちが私をほんの少し大人にしてくれたのかもしれない、クリスティーンはそう思った。

エドワードにそう言われた後、ジェーンにも似たようなことを言われた。

「すっかり大人っぽく、美しくなられたとお屋敷中の皆が言っています」

ジェーンの言うことはいつも大抵突飛で大げさなのだが、その台詞《せりふ》はかなり事実に近かった。

女性としての幸福に目覚めたクリスティーンは、同じ女性のジェーンから見ても朝露に濡れる花びらのように瑞々《みずみず》しく美しく見えたに違いない。

エドワードが夜毎《よごと》、クリスティーンの部屋で仲睦《なかむつ》まじい時間を過ごしていることは、屋敷中周知の事実になっている。

（でも…）

実際の二人の関係は、後見人と被後見人のままだった。

心中の複雑な思いを顔に出さないように、クリスティーンは俯いた。

（エドワード様からの愛情は確かに感じるの…でも…）

クリスティーンはエドワードの本当の気持ちがわからなかった。

触れられ、抱きしめられていれば、その肌の向こうにある感情の欠片《かけら》ぐらいは察することができるかもしれないのに。

どんなに疲れていても必ずクリスティーンの寝室にエドワードが顔を見せるようになってから、クリスティーンは彼の温かい愛情や慈しみを感じる機会は多くなった。

けれど。

「エドワード様は、私のことをどう思ってらっしゃいますか？」

ある夜、堪えきれずにクリスティーンはエドワードにそう言ってしまったことがあった。

その時、エドワードは一瞬びっくりしてから優しい微笑みを湛えて、クリスティーンを抱きしめた。

「とても愛しているよ」

その抱擁は慈しみに満ち溢れていた。

けれど、いくら優しくそう言われても、自分の体に指一本触れてこないエドワードがどういう意味で自分を愛していてくれるのか、それを考えると深いため息が出てしまう。

(エドワード様は私を家族として愛してくれているけれど、女性としては愛さないと言う意味なのかしら)

そう考えると、クリスティーンの小さな胸が締めつけられるように痛んだ。

子供の頃に孤独だった人はどこか心が冷えた人が多いという話を聞いたことがあったが、エドワードは冷たいどころか、とても愛情深い人に思えた。

彼の亡くなった父親も表現するのが苦手だっただけで、愛情のない人ではなかったのだとエドワード自身が言っていたのを思い出す。

その時エドワードは、自分の父は、自分と同じような人間になってほしくなかったからクリスティーンの父を家庭教師にしたのではないかとも言っていた。

(もしそうだとしたら、エドワード様のお父様は本当に大きな愛情を持たれた方だったんじゃないかしら)

夜、二人で交わす会話の中にはお互いの家族の話もあった。

クリスティーンの父の話はもちろん、エドワードの離れて暮らす母の話も聞いたことがある。

「母は父と別れてから、ほどなく再婚して父親違いの弟もいるんだ」

「弟さんが？」

「もっとも、弟がいることを知ったのは最近なんだけどね」

「どうしてですか？」

「うん、やっぱり父が生きているうちは、母と連絡を取ることは憚《はばか》られてね」

「……」

もう昔のことだと、穏やかに話しているが、母と連絡を取ることもできなかった幼い日のエドワードの気持ちを考えるとクリスティーンの胸は痛んだ。

「でも、今は時々母と一緒に食事をすることもあるんだよ」

「そうなんですか」

「うん」

そう言って笑うエドワードの笑顔は屈託がなかったので、クリスティーンも嬉しい気持ちになった。

普通の母子とは違う形ではあるが、そうやって一度断ち切られた生母との関わりを、改めて受け入れたエドワードのことをとても強い人だと思った。

その強さを培《つちか》った孤独な子供時代を思うと胸が痛んだが、その時代がなければ自分とエドワードが出会うこともなかったのだから、運命の歯車というものは本当に複雑に絡み合っているのだなとも思う。

「大切なのは、過去じゃなくてこれからだと思うんだ」

「私もそう思います」

エドワードの言葉にクリスティーンも改めてそう思った。

どちらかといえば大人しいクリスティーンだが、決して意志が弱いわけではない。

結婚の約束もしていないのに密に触れ合ってしまったこの関係を、はしたないことだとは思うものの、決して欲望に流されたからだとは思っていない。

(私が心のどこかで触れてほしいと思っていたから、こういう関係になったのかもしれない)

恋愛は一人でするものではない。

年少で、しかもエドワードに庇護されている身ではあったが、自分は自分でこういう関係を望んだと言い切ることができる強さもクリスティーンは持っていた。

(でも…)

エドワードはどうなのだろうか?

「クリス、どうかした?」

急に黙りこくったクリスティーンにエドワードが心配そうに話しかけた。

「いえ…」

「もう夜遅いから、休みなさい」

「…はい」

あまり考えたくはないのだが、もしかしたら、エドワードには自分と会う以前に心に決めた女性がいたのかもしれない。

それなのに被後見人として家に入った自分と成り行きでこんな関係になってしまい、心優しいエドワードは人知れず悩んでいるのかもしれない。

「おやすみ、クリスティーン、良い夢を」

いつもの言葉を残して、エドワードが部屋を去ってもクリスティーンはずっと考えていた。

もしかしたら、エドワードは昔同様、妹のような気持ちで自分を愛しているのに、はずみで触れあってしまったことを後悔しているのかもしれない。

だから、自分に一切触れようとしないのかもしれない。

家族としての絆を深めるために、優しく色々お喋りをして相手をしてくれるけれど、以前のような甘い時間を過ごす日は、もう二度と来ないのかもしれない。

考え始めると悪いことばかりが浮かんでしまい、気持ちが沈む。

エドワードの顔を見ると、幸せな気持ちが強くなって、甘い時間を過ごすのだが、一人になるとこうして疑心暗鬼に苛《さいな》まれてしまう。

「はぁ…」

クリスティーンは大きなため息をついた。

エドワードに直接尋ねればいいということはわかっているのだが、そうすることで二人の関係が決定的に変わってしまうのが怖かった。

否定的な言葉を聞いてしまったら、本当にもう二度とエドワードは自分に触れてくれなくなるだろう。いや、もしかしたらもう一度触れてほしいと思っているような自分のことは、近くに置いてくれなくなるかもしれない。

そう思うと怖くて聞けないのだ。

ポートマン家で暮らせなくなるくらいなら、曖昧《あいまい》な今のままでもいいのではないか？

けれど、このままずっと妹のような存在としてエドワードの近くにいることに自分は耐えられるだろうか？　本当は女性として愛して、愛されたいと思っているのに、それは本当の幸福とは言えないいんじゃないだろうか。

（エドワード様は…どう思っているのかしら）

クリスティーンの小さな胸はエドワードへの愛情と不安ではちきれそうになっていた。


「舞踏会、ですか？」

「うん、そう。幼馴染みの婚約者の家でパーティーがあるんだ」

ある夜、エドワードがいつもとは違う様子で話を持ちかけてきた。

「エドワード様の幼馴染み…」

「ヒュー・ウィリアムの話はしたことなかったっけ？　幼馴染みなだけじゃない、パブリックスクールも大学も一緒だった親友なんだ。婚約者のレオノラも昔からの知り合いだし、二人に君を紹介する丁度いいチャンスだと思ってね」

エドワードの幼馴染みに紹介してもらえると聞いた途端、クリスティーンは天にも舞い上がるような気分になった。

ようやく日蔭《ひかげ》から日向に出て行くような心持ちだった。

「僕が君の後見人になった時から、みんなから君を見てみたい、君に会いたいってうるさく言われていてね」

「…」

「君にも新しい友達ができるのはいいことだと思うんだ」

「…そう、ですね」

喜んだのもつかの間、友達の好奇心を満たすための同伴と聞かされて、クリスティーンの胸に湧き上がった嬉しい気持ちはあっという間にしぼんでしまった。

（それでも…みなさんに紹介していただけるのは嬉しいことだわ）

クリスティーンは自分にそう言い聞かせて、なんとか落ち込んだ様子を見せずに、その後もエドワードの話を聞くことができた。


わからないことは全てジェーンに聞くといいと言われていたので、翌日早速ジェーンに舞踏会に行くことを伝えると、ジェーンは小躍りして喜んだ。

「舞踏会！　グロブナー家の舞踏会に一緒に行こうと言われたのですか⁉」

「え、えーと、ヒュー・ウィリアム様の婚約者のレオノラ様とおっしゃってました」

「それなら間違いないです、レオノラ様と言えばグロブナー家のお嬢様ですから、これはもう気合いを入れて準備しなくては！」

ジェーンの瞳がきらきらと光っている。

今からクリスティーンをどう着飾らせるか算段しているようだ。

「グロブナー家って？」

ジェーンがやけにグロブナー家にこだわっているので、不思議に思って尋ねると、ジェーンが居住まいを正して教えてくれた。

「グロブナー家はロンドンではこちらのポートマン家と同じくらい格式のある御家柄にな

ります。レオノラ様はご婚約中のヒュー・ウィリアム様とご結婚されて近々家を出られる予定なんですけどね」

「そうなの…」

さすが、噂好きのジェーンはなんでもよく知っている。

「クリスティーン様、舞踏会は初めてですよね？」

「ええ、田舎ではそういう余裕がなくて…」

ジェーンがふむふむとうなずく。

「クリスティーン様はお美しいから、きっと色んな方にダンスを申し込まれると思います」

「そんなこと…」

「いや、あるんです。舞踏会ってお見合いみたいなもんなんですから」

「そ、そうなの!?」

意外な言葉にクリスティーンは驚いて大きな声をあげた。

「そうですよ、貴族のみなさまはそこで生涯の伴侶になるお相手と知り合ったりするんです。集団お見合いパーティーみたいなもんなんですよ」

パーティーではたくさんの男女が集まってダンスをするものだし、やっぱり恋が生まれたりするのかしら？　といった程度の知識しか持っていなかったクリスティーンは目を白黒させた。

「お、お見合いパーティー…」

「まあ、ご主人様は仕事人間ですから、そういうパーティーにはよっぽどの理由がないと顔を出してないんですけど」

「お仕事、お忙しいですもんね」

「なんの話かな？」

「ご、ご主人様！」

舞踏会の話で盛り上がっているうちに、エドワードが帰宅する時間になっていたらしい。

エドワードは帰ってきたばかりのようで、外出用の外套《がいとう》を着ている。

「楽しそうな話し声が聞こえたから、ついのぞいてしまったんだよ。お邪魔しちゃったかな」

「とんでもないっ」

ジェーンが大げさにかぶりをふった。

家人と使用人との関係とはいえ、年頃の娘が二人でお喋りをしている時間というのは、あっという間に過ぎてしまうもののようだ。

「も、申し訳ありません」

「ああ、ジェーン、気にしないで。僕がクリスティーンにわからないことは君に聞くように言ったんだ」

先日、エドワードにピクニックに行くようにお説教をしたジェーンだが、さすがに夜も更けてエドワードが帰宅する時間になってもクリスティーンの寝室にいることは体裁が悪く、すっかり恐縮してしまっている。

「舞踏会は独身の貴族の皆さんの出会いの場所だというお話をクリスティーン様にさせていただいておりました」

「…出会いの場所…ねえ」

エドワードが含みのある言い方をした。

「確かにその通りだな。僕は舞踏会に行くたびに、うんざりするほど見知らぬ人から挨拶をされる」

「エドワード様…」

「老若男女問わず、だけどね」

先ほどジェーンが、エドワードは余程のことがない限り舞踏会には行かないと言っていたのを思い出す。

「舞踏会は…お嫌いなんですか？」

「場所によるかな。今度の舞踏会はレオノラの家で、ヒュー・ウィリアムも一緒だから久しぶりに楽しい夜になりそうだと思っているよ」

それを聞いて、クリスティーンは少しホッとした。

「そうだ、クリスティーン、ダンスを踊ったことはある？」

「地元のお祭りでポルカくらいなら…」

「それならカドリールも踊れるね」

「見たことはあります」

「じゃあワルツは？」

「ワルツは全然…」

異性とワルツを踊る機会など、純で幼いクリスティーンにあるはずもなかったので、そう答えると、エドワードはなぜか少し嬉しそうな顔をした。

「じゃあ、ワルツのステップを教えてあげなくちゃいけないね。シャワーを浴びて着替えてくるから待っってて」

そう言うと、エドワードは部屋を出て行った。

「ダンスが踊れないと舞踏会に行っても楽しくないですからね。多分、ご主人様は舞踏会に行かれると、大忙しでいらっしゃいますから」

「大忙し？」

したり顔でジェーンがうなずいた。

「ええ、よそのお屋敷で働いてるメイドから聞いた話ですけど、うちのご主人様がパーティーに行くと御婦人方が大変らしいんです」

「何が大変なの？」

ジェーンが大層な秘密でも打ち明けるように、顔を寄せて小声で続けた。

「適齢期のレディ方が花に吸い寄せられるミツバチの如《ごと》く…いや、まるで砂糖に群がる蟻《あり》のようにご主人様に押し寄せてくるらしいです」

ジェーンが顔の両側に手を広げ、蟻のように指をざわざわと動かした。

「押し寄せるって、そんな」

エドワードめがけて、着飾ったレディたちがにじり寄っていく様子を想像して、ジェーンは苦笑した。

「笑い話じゃありません、クリスティーン様。ご主人様はロンドンで一、二を争う名家の当主で、独身ですからね。どこの貴族にとっても、うちのご主人様は娘の結婚相手候補の本命中の大本命、これ以上はないご縁なんです。しかも、うちのご主人様はあの通りの色男ですからね」

「色男なんて…ジェーンったら、はしたない」

ジェーンが少し俗っぽい言い方でエドワードを褒めるのを聞いて、クリスティーンは自分のことでもないのに恥ずかしくなった。

そんなクリスティーンの様子など全く気にせず、更にジェーンは続けた。

「クリスティーン様はどこの貴族のお嬢様よりも賢いし、お美しいし、引け目を感じることなんかこれっぽっちもないですよ。しかも、あのご主人様が後見人になった方なんですからなんの心配もする必要はありません」

「だってそれは…」

エドワードが自分の後見人になったのは亡くなった父との約束で…と言おうとするクリスティーンをジェーンが遮る。

「どんな事情があろうと、ご主人様がクリスティーン様の後見人なのは公然の事実です」

確かにエドワードはクリスティーンにとって申し分のない後見人だった。

生まれながらの特権階級が板についた帝王然としたところがある男らしいところと、お日様のような温かい優しさが共存しているところがとても魅力的、というのはクリスティーンの個人的見解だ。

クリスティーンが自分の想い人の魅力について考えて、うっとりしているのをジェーンが横目で見ながら咳払《せきばら》いをした。

「コホンッ、私の記憶が正しければ、ご主人様はパーティーで女性を同伴するのはこれが初めてのはずです」

「…え」

「クリスティーン様が特別ってことです」

ジェーンの言葉はとても嬉しかったが、友達にクリスティーンを紹介するのが主な目的だと聞かされているので、どうしても素直に受け取れなかった。

「あとは当日、誰よりも美しく着飾って行けば、それでライバルたちなんか一網打尽ですよ！」

「え、あ…」

「がんばりましょう！　クリスティーン様！」

「え、ええ」

ともすれば勝負の前に気持ちから負けてしまいそうなクリスティーンだったが、やる気満々のジェーンの言葉を聞いて考えを改めた。

（そうね、そうよね、何もしないで悲観しているより、とにかく自分にできることをしなくっちゃ）

自分がどこまで美しく装えるのかというのは甚《はなは》だ疑問だったが、とにかくジェーンの言う通り、少しでも見栄えをよくしていかなければとクリスティーンは思った。

（エドワード様に同伴するんですもの、みっともない姿でエドワード様に恥をかかせるようなことはできないわ）

いつもならば贅沢なことには消極的なクリスティーンだったが、今回ばかりはジェーンの言う通りにしようと決心した。

「クリスティーン、いいかい？」

先ほどの約束通り、こざっぱりと身支度を整えたエドワードが部屋にやってきた。

「そうそう、挨拶するのを忘れていたよ。ただいま、クリスティーン」

エドワードがクリスティーンの額に優しくキスをした。二人の間ではもうおなじみの家族のキスだった。

「ジェーンのレクチャーはどうだった？」

「勉強になりました」

「噂話もスキルのうちかな」

ジェーンが噂好きなのは、エドワードもよく知っているらしい。

「クリスティーン、君ならどこに行っても大丈夫だよ、僕の自慢なんだから」

「エドワード様…」

エドワードは可愛くてたまらないといった表情で、クリスティーンの頬を撫でた。

「さ、どんな紳士にダンスを申し込まれても困らないように、レッスンを始めようか」

「…はい」

エドワード以外の男性にダンスを申し込まれる可能性もあるのだと気がついて、クリスティーンは少し気が重くなった。

そんなクリスティーンの気持ちを知ってか知らずか、エドワードがダンスのレッスンを始める。

「じゃあまず、基本の姿勢だよ。僕がここに円をつくるから…」

エドワードが両手を広げて、大きな輪をつくった。

「この輪の中に入っておいで」

「はい」

エドワードの胸の前につくられた円の中に入り込む。エドワードは手足が長いので、華奢なクリスティーンはすっぽりとその中に収まった。

直接身体は触れ合っていないのに、エドワードに抱きしめられているような安心感を感じて、先ほど気が重くなったことが嘘のようにクリスティーンは嬉しさに頬を染めた。

「左手を僕の肩に乗せて、右手は僕の左手に」

「…」

肩に乗せた手のひらからエドワードの身体の温かさが伝わってくる。

この硬い肩から続く腕が、思いのほか、男らしくたくましいことを知っている。

その腕から続く手指は繊細で、その白くて長い指が与えてくれる快感は、クリスティーンの身体を目覚めさせてくれた。

嬉しさに頬を上気させたクリスティーンを愛おしげに見つめながら、エドワードはクリスティーンの小さな背中にその手を添えた。

「僕の手に身体を預けていいからね」

エドワードの大きくて柔らかな手のひらの感触を腰に感じて、クリスティーンは思わず膝から力が抜けそうになった。

エドワードの指で、快感の絶頂に導かれた瞬間を思い出してしまったからだ。

思わず頰が熱くなって、身体の奥がジン…と熱くなる。

「どうしたの？　頰が赤いよ、体調でも悪いのかい？」

そう言いながらのぞき込んでくるエドワードの瞳が優しい。

煙るような睫毛の先にある、碧の瞳を見て胸がキュンとしめつけられた。

「いえっ…いいえっ、大丈夫ですっ」

右手をつないで、腰に手を当てられただけなのに、エドワードに身体を包まれているような気持ちがした。

ここにいれば大丈夫、そんな安心感が手のひらから伝わってくるかのようだった。

最近ではこうして手のひらで触れ合うことすら少なかったので、変わらぬエドワードのぬくもりと優しさを感じて、嬉しさと共に切なさがこみあげてきた。

（エドワード様…）

（本命中の大本命で、これ以上はない理想的な結婚相手…）

家柄や財産だけでもそうなのに、これほど魅力的なエドワードがモテないはずがない。

クリスティーンは人知れず小さなため息をついた。

舞踏会に行く前から、すっかり自信喪失気味になってしまったようだ。

そんなクリスティーンの気持ちも知らず、エドワードはすっかりダンスの先生気分で気持ちよくワルツを踊っている。

「基本のステップは簡単なんだ。ワルツで一番大切なのはステップじゃなくて、いかに優雅に歩くかなんだよ」

「歩くんですか？」

「優雅に歩いて、ターンすればいいんだ、ほらねっ」

エドワードのリードで、華奢なクリスティーンはくるっとターンした。

「ひゃぁ」

「君は羽根のように軽いから、リードしやすいよ」

笑いながらエドワードが腰に添えた手に力を込めた。

「あ……」

何度となく触れあったのに、こうして改めて向き合うと、意識してしまってクリスティーンは頬が熱くなってきてしまった。

「疲れた？」

「いえっ、いいえっ」

「疲れたら言うんだよ。じゃあ、今度はもう少しテンポの速いステップを教えてあげる」

楽しそうにそう言って、クリスティーンの手を取るエドワードを見て、もしかしたらエドワードはダンスが好きなのではないか？　と思った。

（私以外の女性とも踊るのかしら…）

さっき、エドワードはクリスティーンがどんな紳士に誘われても困らないように、と言ってダンスのレッスンを始めた。

と、いうことはエドワードもたくさんのレディに誘われることがあるのかもしれない。

「…」

「どうしたの？　クリスティーン、疲れたのかな？」

「いいえ…」

エドワードが自分以外の女性とワルツを踊る姿を想像して、クリスティーンの胸の奥にチリッと燃えるような気持ちが浮かんだ。

（…他の人と踊ってほしくないわ…）

クリスティーンがそんなヤキモチに胸を焦がしているとも知らず、エドワードはクリスティーンと踊るワルツをとても楽しんでいた。

（久しぶりに楽しく踊れそうだな）

エドワードはダンスが嫌いだから舞踏会が嫌いなわけではなかった。

舞踏会に行くと喧《やかま》しい輩《やから》が寄ってくるので、その対処が面倒で行きたくないのだ。

また今回は、美しいクリスティーンを舞踏会に連れて行くことで、よその男の目に触れさせてしまうことに気が進まなかった。

(変な虫がついたら大変だ)

美しく着飾ったクリスティーンを見てみたいという気持ちはある。しかし、そんなクリスティーンを自分以外の男も見るのだと思うと、どうにも胸の奥がもやもやする。

クリスティーンは素直で優しいから、強引に誘われたら、きっとダンスに応じてしまうだろう。

きれいで可愛いクリスティーンを見て、男どもがダンスを口実によからぬことを考えるのでは？　と思っただけで、いても立ってもいられないような思いだ。

(クリスにダンスに誘われた時の断り方をきちんと教えておかないとな)

口では誰に誘われても困らないようにと言っておきながら、エドワードはクリスティーンが自分以外の男性と踊ることなど全く想定していなかった。

第五章

そして迎えた舞踏会当日。

「完璧《かんぺき》です」

「そんなジェーン、無責任な…」

「無責任じゃないですよ、今日のクリスティーン様は本当にきれいに仕上がりましたから。私の自信作です！」

ジェーンが自信作と言うだけあって、確かに今日の自分はいつもとは別人のようだとクリスティーンは思った。

フリルとリボンをたっぷりバックスタイルに使ったタイトなロングドレスは今年の最新流行のデザインで、クリスティーンの白い肌が映えるきれいなサンゴ色の布で作ったオーダーメイドだった。

繊細なレースをふんだんに使った胸元は、デコルテが美しく見えるように、ジェーンがいつもよりも襟繰りが開いたデザインのものを指定した。

履きなれなかったハイヒールも、エドワードとダンスのレッスンを続けるうちになんとか履きこなせるようになった（あくまでもなんとか、だが）。

いつもはふんわりとおろした髪も、今日はジェーンが腕をふるって結いあげてくれた。

「うなじと細い首が見えて、とてもきれいです。クリスティーン様はコルセットをきつくしなくてもいいくらい細腰だし」

「え!?　これできつくないの？」

今日はいつもよりもキュッと締め上げられて、少し苦しいと思っていたクリスティーンはびっくりして声をあげた。

「よそのお嬢様たちはもっと辛い思いをして締め上げてらっしゃいます！」

「…はい」

トントン、とノックの音がした。

「はい」

「僕だよ、クリスティーン。準備はできたかな?」

「はい！　ご主人様！」

クリスティーンが応えるよりも先に、ジェーンが意気揚々と返事をした。

ドアが開くとそこには黒いイブニングコートを着たエドワードがいた。

（すてき…）

スタイルの良さを強調するようなぴったりとしたズボンに、丈の長いイブニングコートが長身で細身のエドワードにとてもよく似合っていた。

エドワードがジッとクリスティーンを見つめると、その華奢な首筋に一筋だけこぼれた光の筋のような金髪を指に絡めた。

「…ぁ…」

肌を掠《かす》めたエドワードの指を感じて、クリスティーンは我知らず小さな声を漏らす。

「…とても素敵だ」

「はい…え？」

エドワードのことを言ったのかと思って思わず返事をしてしまったが、エドワードは意にも介さずにクリスティーンの腰に手をまわした。

「ジェーン、お手柄だね。今日のクリスティーンは本当に美しいよ」

「ありがとうございます！」

何がありがとうなのかはわからないが、誇らしげなジェーンに見送られて、いつもは乗らない馬車に乗り二人はグロブナー家に向かった。

クリスティーンのドレスの裾《すそ》を弄びながら、エドワードが尋ねる。

「ダンスのステップは？」

「覚えました」

「気のりをしない時のお断りの言葉は？」

「『ごめんなさい、ちょっとお酒に酔ったみたい』と言ってバルコニーに逃げます」

「バルコニーに先客がいる時は？」

「お邪魔をしないように他の場所へ行きます」

「完璧」

「…そうでしょうか…私不安で…」

「大丈夫。何を言えばいいかわからない時は、にっこり微笑んで相手をドキドキさせてしまえばいいんだ」

久しぶりに乗る馬車の揺れの心地よさが、エドワードを饒舌にさせているようだ。

逆に、クリスティーンには連日の舞踏会の準備の疲れが出たのか、心地よい睡魔が襲ってきた。

クリスティーンはこっくり、こっくりと舟を漕ぎ始めた。

「ん？」

エドワードが悪戯っ子のような顔で微笑んだ。

「二人きりで馬車に乗りたかったのに、おねむなのかな？」

クリスティーンからの返事はない。

馬車の揺れがゆりかごのように、クリスティーンを眠りの入江に誘っていったようだ。

可愛らしい寝顔をおしげもなくさらすクリスティーンを見て、エドワードは心底愛おしそうな微笑みを浮かべた。

どんなに美しく着飾っても、あどけない寝顔に小さな頃の可愛くて愛しいクリスティーンの面影を見つけてしまう。

（僕の可愛いクリスティーン…）

クリスティーンがコクンっとエドワードの肩にもたれてきた。

「…」

ふわふわとした髪がエドワードの頬を擽《くすぐ》った。

雑念を浮かべないようにと、瞳を閉じたエドワードの耳に微かな声が聞こえた。

「…ん…おにいちゃま…まって…」

夢の中でクリスティーンが自分を追っているのだ、と気がついて、エドワードの中で何かがはじけた。

「クリス…」

『…エドワード様…』

半分夢の中で、クリスティーンはエドワードの声を聞いていた。

「二人きりの時に『さま』はいらないって言わなかったっけ？」

「あ…」

抱き寄せられてキスされる。

生き物のようによく動く舌がクリスティーンの口内を自由に動き回る。

激しいキスに、眠気が吹っ飛んだクリスティーンは動きについていくだけで精いっぱいだった。

歯列の裏側をなぞるようにされたかと思うと、舌を思い切り吸われた。やっとキスから解放された時には、クリスティーンの小さな口唇の端にほんの少し涎《よだれ》が溢れていた。

「可愛い…僕のクリスティーン」

「これは…夢なのかしら…」

ずっとエドワードに触れてほしいと思っていたクリスティーンは、自分が今、エドワードとキスをしている夢を見ているのかと思った。

ふと見ると、さっきまでご機嫌だったエドワードが、少し不満そうな顔をしていた。

「もう、夢の中で愛し合うのは卒業することにした」

「え?」

そういえば、こうしてきちんと起きている状態で、恋人同士のようなキスをするのは初めてだったと思い当たる。

(エドワード様…)

初めてのことに、クリスティーンの心が震えた。

「今日のドレスは胸が丸見えだ」

そう言うと、エドワードはクリスティーンのドレスの胸元に手を伸ばした。

「あ…だめ」

「こんなに簡単に君の胸に触ることができる」

エドワードの手が胸元に入り込んで、クリスティーンの乳房を鷲《わし》づかみにした。

「…はぁ…」

両方の胸を摑《つか》まれ、大胆に揉みしだかれると、どうしてもうっとりとしてしまう。

「どうして…エドワード様…どうして…」

「もう、夢の中のできごとで終わらせたくない」

これまでずっと、クリスティーンも思っていたことだった。

エドワードとの甘く秘めやかな逢瀬は夢の中の出来事。

目が覚めたら、そこは後見人と被後見人としての家族の絆《きずな》だけになる。

そんな二人の関係を、エドワードは今、変化させようとしている。

「乳首が尖ってきたよ」

「いや…恥ずかしい…」

「そうだね、今日の僕たちは夢の中じゃない」

夢から覚めているというのに、クリスティーンの身体はこれくらいの刺激でも、あっという間に反応してしまうようになっていた。

指先で乳首をコリコリと刺激されると、吐息が乱れてしまう。

「はぁ…はぁ…」

「…やっぱり、他のやつと踊らせたりしたくないな…」

エドワードはボソッとそう呟いて、人差し指でツンツンとクリスティーンの乳首を突いた。

「あ、あんっ」

突いていたかと思ったら、今度は親指で擦りあげるように強く刺激される。

胸だけで昇り詰めてしまいそうな快感に、クリスティーンは身体中に力が入ってしまった。

「あ…あぁんっ…」

「まだ胸を触っているだけだよ。レオノラの家に着くまではまだまだ時間がかかるはずだ」

「え…」

「その間、ゆっくり君と触れ合っていたいんだ」

エドワードの瞳が欲望に濡れている。

クリスティーンを狂おしく求めている気持ちが伝わってくるようだった。

「後見人としては…」

エドワードが優しくクリスティーンの手を取って、その甲に優しく口づけた。

「今日の舞踏会でどこかの紳士と縁談があっても、ジタバタせずに見守らなくてはいけないと思っていたんだけど…」

クリスティーンは胸がツキンと痛んだ。

エドワードは後見人として縁談を進めるために、集団お見合いのような場所だという舞踏会に自分を連れて行くのか？　と思ったからだ。

（やっぱり私は…エドワード様のパートナーにはなれない…）

「それは、やめだ」

「？」

エドワードが何を言っているのか一瞬わからなくて、クリスティーンはきょとんとした。

「君に縁談なんかこなくていい。ずっと僕が後見人として君を守っていたっていいんだから」

エドワードがクリスティーンのドレスの裾をたくし上げる。

「きゃっ！」

性急な動きに驚いて、思わず小さな悲鳴が漏れた。

「え、エドワード様？」

「どこかの男に求婚されるかもしれない」

「きゅ、求婚!?」

(私が誰かにプロポーズされるなんて…)

思ってもいなかった言葉に、クリスティーンは驚いて頬を赤くした。

(結婚…私が…)

そういうこともあるのだと聞かされてはいたが、自分がその範疇《はんちゅう》に入っているとは思ってもいなかったクリスティーンは、年頃の女の子なら誰でも憧れているウェディングドレス姿を想像した。

白いドレスを着た自分の横に、タキシードを着た颯爽《さっそう》としたエドワードの姿を思い浮かべる。

「そんな…」

想像したエドワードがあまりにも素敵で、クリスティーンはすっかり照れてしまった。

エドワードと結婚する…そう考えただけで、すっかりクリスティーンはうっとりとしてしまった。

たくさんの人たちの祝福の中で、世界で一番素敵な旦那様と誓いのキス。

「素敵…」

想像ですっかり頬を赤くしたクリスティーンの様子を見て、エドワードは手を止めると不快そうに眉を顰めた。

「見知らぬ男に求婚されることがそんなに素敵なこと？」

「…え？」

全く違うことを考えていたクリスティーンはエドワードの言葉を聞いて、きょとんとした。

そんな様子がますますエドワードの逆鱗《げきりん》に触れたらしい。

「ばかばかしいっ！　もうやめだ、やめだ！」

「エ、エドワード様…何を…」

急に言葉を荒らげたエドワードの様子に、クリスティーンはおろおろと動揺した。

クリスティーンがエドワードと自分のウェディングドレス姿を想像して照れているとは思ってもいないエドワードの瞳には、存在すらしていない恋敵に対する嫉妬《しっと》の炎が宿っている。

「美しいレディになった君が、別の男のものになるのを指をくわえて見てるなんて、僕の性分にあわない」

「…？」

「もう、優しい後見人はやめだ。今すぐ君を僕のものにする」

そう言うとエドワードは迷わずクリスティーンのほっそりとした足に手を這わせた。

ドレスの下に着たドロワースは脱がなくても用が足しやすいように、股間《こかん》の布は合わせただけのデザインになっている。

「あ、あ…」

エドワードの手が触れると、そこはもう熱いものが溢れ出ていた。

「…ダメェ…」

「クリスティーン…君のここ…」

「いや…言わないで…」

「すっかり濡れて、とても熱い」

「…や…やめてくださいっ」

エドワードは恥ずかしさから指を拒んだクリスティーンの両腕を掴んで、磔《はりつけ》のように身動きを封じた。

「どんなに嫌がっても許さない。君は僕のものになるんだ」

エドワードの瞳の奥にある熱い想いに、クリスティーンは身をすくませた。

大人しくなったクリスティーンに、エドワードは再び愛撫を再開した。

恥ずかしさに顔から火が出そうなほどなのに、エドワードの指先が触れるとクリスティーンのそこからは馬車の中に響くほど、ピチャピチャと濡れた音した。

馬車の揺れさえもがクリスティーンの官能を刺激する。

「あぁ…！」

「クリスティーン、四つん這《ば》いになって、お尻をこちらに向けて」

「え……！」

「君の可愛い後ろ姿が見たいんだ」

「でも……」

「お願いだよ。このままの姿勢では君を気持ちよくさせてあげられない」

「……」

(そんなはしたない恰好できない)

四つん這いになってお尻を殿方に向けるなんて、クリスティーンの幼い思考回路では想像もできないことだった。

そんなはしたない恰好をしたら、後見人であるエドワードに嫌われてしまいそうなのに、当のエドワードがそれを求める理由がわからない。

「さあ、お尻をこちらに向けて」

「……」

たまらなく恥ずかしかったが、それでもクリスティーンはエドワードの言う通り、座席に手をついて四つん這いになった。

二人がけとはいえそんなに広くないので、クリスティーンはエドワードの顔の目の前にその可愛らしいお尻を突き出すような形になった。

（恥ずかしい…恥ずかしい）

　エドワードが誰にも見せたことのない場所を見ていることを感じて、クリスティーンはあまりの恥ずかしさに身体を震わせた。

「かわいいよ、クリスティーン」

　エドワードの手が、優しくクリスティーンを撫でた。

「あ…」

　そのままエドワードの手がクリスティーンの腰を掴んで引き寄せる。

「や…！　…あぁっ！」

　エドワードはクリスティーンの熱い泉に口唇を寄せると、そこに熱烈なキスをした。

「あぁ…あぁ…エドワード…あ、あ、あ」

　返事がない代わりに、さっきよりも大きな音でピチャピチャとそこを舐める音が聞こえる。

「はぁっ…！　あっ！　あっ！　だめぇ…」

　膝から力が抜けて、ぐずぐずになりそうなクリスティーンの華奢な腰をエドワードの手がしっかりと支えていた。

　エドワードの口唇や舌が、クリスティーンの一番敏感な部分に触れては離れる。

　舌先がクリスティーンの小さな芽を突くようにして触れてきた。

「はっ……！」

ビクビクッと身体が震えて、カッと熱が増した。

そんな反応に気をよくしたのか、エドワードの舌は更に大胆に小さな芽に触れてきた。

今度は表皮をむくようにして舐めあげられた。

「あぁぁ……っ……や……あっ……あぁ……」

舌先が行ったり来たりするたびに、身体がビクビクと震え、泉に熱いものがどんどんと溢れていくのがわかる。

腰の方から切ないような快感が押し寄せて、これから舞踏会に行くというのにエドワードが欲しくてたまらない気持ちになってしまった。

「クリスティーン……君が欲しいよ」

「エドワード様……エドワード様……あぁっ……あぁっ……」

「君の……すべてが欲しい」

舌先が何度目かの往復を果たした時、クリスティーンに今日最初の絶頂が訪れた。

「ひゃっ……あぁっ！」

あそこが丸見えになってしまいそうなほどにお尻を突き上げて、クリスティーンは快感に耐えた。

「クリス……僕の上に座ってくれないかな」

「…？」

エドワードが力の抜けたクリスティーンの身体を抱えるようにすると、向かい合わせにして自分の膝に座らせた。

自分のズボンの前を寛《くつろ》げると、エドワードのそこはもうすっかり猛《たけ》っていて、いつでもクリスティーンの中に入れる状態になっていた。

恥ずかしくて、クリスティーンは思わず俯いた。

「可愛いクリス、僕のここの上に座ってくれないか？」

「え…」

「自分で入れてみて」

「…そんな…」

「そうしなければ、この中で君と抱き合うことができないよ」

「でも…」

エドワードの手がクリスティーンの開いた足の真ん中に触れた。

「あっ」

くちゅっと音がする。

「君のここも僕が欲しくて仕方ないって音がしているよ」

「そんな…」

快感に翻弄されながら、クリスティーンはエドワードは少し意地悪だと思った。

(でも…)

(それでもいい、私はエドワード様が好きだから。何を言われてもエドワード様のことが大好きだから)

クリスティーンは意を決して、エドワードのそこにゆっくりと腰を下ろした。

「…はっ…」

「上手だよ、クリスティーン」

不慣れなクリスティーンがリードできるはずもなく、エドワードが自らをクリスティーンの蜜壺《みつつぼ》にあてがった。

「…っく…」

すっかり濡れているのだが、クリスティーンのそこはとても狭い上に、慣れない姿勢でなかなか上手に入っていかない。

「クリスティーン、力を抜いて」

「…ふぅっ……」

「深く息をして…そう、上手だよ」

エドワードの先端が、ほんの少しクリスティーンの中に入った。

「あっ」

そこに欲しかった質感にようやく触れることができて、クリスティーンの口から思わず安堵の声が漏れた。

次の瞬間、下からいきなり突き上げられた。

「うぅっ……!」

ほのかな痛みが下腹にあった。

(……私は……エドワード様が好き……)

何度も反芻《はんすう》した自分の気持ちを、もう一度噛みしめる。

この下腹の痛みが、破瓜《はか》の痛みであろうということはクリスティーンにもわかっていた。

(エドワード様は……私のことをどう思っているのかしら……)

ズブッと音がしそうな勢いで、エドワード自身がクリスティーンの中に入ってきた。

「はぁあっ」

初めてだというのに、十分に慣らされた身体は痛みよりも快感を強く感じて、クリスティーンのそこは激しくエドワードを締めつけていた。

「っく……とてもせまいね」

「あっあっあっ」

グッ、グッ、と抽挿《ちゅうそう》される。

「あっ……あっ……はっ……あっ……」

「あぁクリスティーン…いいよ、とても上手だ」

身体を支えるために、エドワードにしがみつくと力強い腕に抱きしめられた。

その時、馬車が大きく揺れた。

「あぁぁっ！」

奥深くまで挿入されて、クリスティーンは一気に絶頂に昇り詰めた。

「…っく…きつい」

「はぁぁっ！　…あっあっあっあっ！」

馬車の揺れのせいで、抽挿が深く激しくなる。エドワードのそれは圧倒的な質感をもって、クリスティーンの中をいっぱいにしていた。

何も考えられないほどの快感が身体を突き抜けて行く。

「本当はもっと楽しみたいんだけど…」

「ひっ…！　いぃ…あぁもうもう」

「そろそろ着いちゃうんだ」

エドワードは二人がつながった部分にハンカチをあてがうと、グッと深くクリスティーンの中を突いた。

「っく…！」

「あっ！　あぁぁ……」

エドワードがクリスティーンの中で果てた。

どくどくと身体の中心が脈打つような感覚がして、がくがくとクリスティーンの首が揺れた。

クリスティーンの中に収まりきらなかったものが溢れだすのを、エドワードは丁寧にハンカチでぬぐってくれた。

激しく身体をつなげた気がしていたが、髪もドレスも思ったほど乱れてはいなかった。

「はぁ、はぁ、はぁ…」

クリスティーンは乱れた息がなかなか整わなくて、必死に呼吸していた。

「あっ…やぁ…」

エドワードが丁寧にそこをぬぐうので、また少し感じてしまったクリスティーンは身体をくねらせた。ハンカチーフに破瓜の血が滲んでいた。

(私、エドワード様に純潔を捧げたんだわ)

クリスティーンは自分とエドワードが男女の一線を越えてしまったことを実感した。

突然の出来事に気持ちが追いついていかなかったが、それでも初めての相手がエドワードであることはクリスティーンにとって、とても嬉しいことだった。

(でも…エドワード様は、私をどうしたいのかしら…やっぱり、どこかの紳士のおよめさんになってほしいのかしら…)

刺激的すぎる初めての体験に、クリスティーンの思考回路は停止寸前だった。

一緒に暮らす家族の絆を深めていた自分たちが、こんな関係になってしまった。

本当なら普通の恋人同士として、こういう関係になりたかった。

（エドワード様と恋人同士に…）

そこまで考えてクリスティーンは自分の考えを打ち消した。

（そんなこと、できるわけないわ）

行き場のない自分を引き取ってくれた後見人であるエドワードと自分が恋人同士になるなんて身の程知らずにもほどがあると思った。

もしかしたらエドワードにとってこの馬車での出来事は突発的な事故のようなもので、嵐のような感情がおさまったらいつもの後見人と被後見人の関係に戻るのではないだろうか？

エドワードの本心をわかりかねてクリスティーンはぼうっとした顔でじっと自分の破瓜の証《あかし》を見ていた。

エドワードが少し困ったような顔をして、クリスティーンを見つめた。

「弱ったな…」

「…え？」

「こんな顔をした君を誰にも見せたくないよ」

「あ…ごめんなさい…見苦しくて…」

「そうじゃない」

エドワードはクリスティーンをギュッと抱きしめ、頬ずりをした。

「どんな男でも今すぐ君を抱きたくなってしまうような…そんな顔をしてるんだよ」

「…」

エドワードの言っていることはよくわからなかったが、耳元で囁かれてクリスティーンはまた少しあそこが熱くなってしまった。

見つめあうと、エドワードは小さなため息をつき、また少し困った顔で笑った。

「まだまだ全然ダメだなあ。落ち着くまで、馬車から出てはいけないよ」

「…はい」

「僕以外の男には、絶対にその顔を見せてはいけないからね」

「…はい」

「ホントに解ってるのかなあ」

まだぼうっとした様子で返事をしているクリスティーンに文句を言いながらも、エドワードは終始楽しそうに微笑んでいる。

まだ熱い身体を持て余しながら、クリスティーンは必死で落ち着こうと努力した。

「エディ！」

ようやく落ち着いたクリスティーンを伴ってエドワードがグロブナー家にやってくると、早速見知らぬ男性がエドワードに声をかけてきた。

「やあ、久しぶり。元気にしてた？」

「見ての通りだよ」

「そちらの美しいお嬢さんを紹介してくれるかい？」

「クリスティーンだ。ねえ、ヒュー・ウィリアムはどこかな？」

「さっき見かけたよ。じゃあクリスティーン、またあとで」

「え、あ、はい」

唐突にやってきて、また唐突に去って行った男性の後ろ姿を見て、エドワードが忌々しそうに軽く舌打ちした。

「エドワード様？」

「いつもはあんなに親しげに話しかけてこないのに馴れ馴れしい。君のことだって知っているのにわざわざ声をかけてきたに決まってる。あいつからダンスを申し込まれても、決して踊ってはいけないよ、今、遠巻きにいやらしい目で君を見ている男どもにも」

「…え？」

舞踏会は色んな人とダンスを踊るものだとジェーンやエイミスに教えられていたクリス

ティーンはエドワードの言葉に驚いて目をくりくりとさせた。

「いや、あいつだけじゃない。僕以外の男とは絶対に踊らないように。今日の君はとても魅力的だけど、少しドレスの胸元が開きすぎてる」

「…ごめんなさい」

少しはしたなかっただろうか？　とクリスティーンは咄嗟に謝ってしまった。

ジェーンは最近流行の形だし、デコルテを出した方が夜の舞踏会に相応しいというのでこのデザインにしたのだけれど、それは間違いだったのかと思って、少し悲しい気持ちになった。

エドワードの激しい言葉を聞いて周囲を見回すと、確かに舞踏会に集まった紳士淑女が皆遠巻きにしてこちらを見ていた。

エドワードは『男ども』と言ったが、男性ばかりではなく女性もたくさんこちらを見ていた。

特に女性の視線は何か自分を咎《とが》めるような強いものが多い気がしてクリスティーンは口唇を噛みしめて俯いた。

すっかり落ち込んだ様子のクリスティーンを見て、エドワードはそれまでの怒りを引っ込め、いつもの優しい困り顔に戻った。

「違うんだ、クリスティーン」

クリスティーンの腰にそっと手を添えて、優しくエスコートする。

「ドレスをけなしてるわけじゃないんだよ。よく似合っているし、こんな風に美しく着飾った君と一緒にいられるのはとても嬉しい。でも、君の胸元を他の男が至近距離で見ると思うと腹立たしいんだ」

「……え、あ、はい」

エドワードの言うことはなんだか支離滅裂のような気がしたが、とにかく、今日はエドワード以外の男性とは踊らない方がいいらしい。

せっかくエイミスにカドリールやポルカも教わったというのに、今日はレッスンの成果を見せることはできないようだ。

「ワルツになったら僕と踊ろう。ワルツなら二人きりで踊れるからね」

エドワードがやっと少し機嫌を直したところで、ようやく本当に会いたかった探し人が現れた。

「エディ！」

「ウィル、久しぶり！」

「相変わらず忙しそうだな、今日も会えないかと思ってたよ」

「君とレオノラに呼ばれたら来ないわけにはいかないよ。ああ、紹介しよう、こちらはヒュー・ウィリアム。僕の親友だ」

「初めまして、ヒュー・ウィリアム様」

「君がクリスティーンだね。初めまして。エディが言ってた通り本当に可愛らしい人だ」

「え？」

「こいつには、ずっと前から君の話を聞かされていたんだ。妖精のように可愛らしい、妹みたいな女の子がいるって」

「そう…ですか」

妹みたい、という言葉がツキンと胸に刺さった。

触れ合った時はとても愛されていると感じるのに、決して愛しているという言葉を与えてくれないエドワード。

二人の心の距離はどんどん近づいているような気がするのだが、クリスティーンはまだ一度も「愛している」と言われたことはないのだ。

受身の性格のクリスティーンはもちろん、自分から愛の言葉を言ったことはないが、エドワードから求められればいくらでも気持ちを伝えようと思っていた。

（やっぱり、エドワード様は私のことを家族のように思っているのかしら）

妹みたい、という言葉を聞く限り、そうとしか思えない。

（ううん、それなら馬車の中であんなことするはずない）

先ほどの甘く濃厚な時間を思い出して、クリスティーンはかぶりをふった。

（でも…）

あんなことをしておいて、そんなはずはないと思うのだが、田舎育ちの自分にはわからない都会ならではの男女関係というものがあるのかもしれない。

都会で生まれ育ったエドワードには、クリスティーンには理解できない倫理観を持っているのかもしれない。

都会の男女にとっては身体の付き合いもキスの延長線上のような気軽なもので、一緒に住んでいればそういうことをするのは当然で、エドワードはクリスティーンがどこか立派な紳士に嫁いでいくことを望んでいるのかもしれない。

（でも、誰かのために私をレディにするのはやめるって言ってたし…）

そもそも、他の誰かと結婚させるはずの相手などと同衾《どうきん》していては、色んなところで不都合が生じてしまうだろうし、子供が生まれた時にいったい誰の子かわからなくなってしまうではないか？　そういえば都会の貴族には隠し子スキャンダルが多いとジェーンが言っていたような気もする
（あぁっわからないわ）

クリスティーンの小さな胸は、様々な煩悶《はんもん》にはちきれそうになっていた。

そんな色んな妄想を悶々と考えているうちに、ヒュー・ウィリアムの傍らにいつの間にかとても美しい女性が立っていた。

「エドワード、お久しぶり」

大輪の薔薇のような女性だった。

襟がキュッと詰まった禁欲的なドレスを着ていても、大きく隆起した官能的な胸元から女性的な魅力がこぼれおちんばかりに溢れている。流行のタイトなラインのドレスは丸みを帯びた腰のラインが強調され、大人の女性の魅力を引き出していた。

「やあレオノラ、相変わらずとても美しい」

「ありがとう」

女神のように微笑む姿は、嫣然《えんぜん》という言葉が本当によく似合った。

「クリスティーン、こちらがレオノラだよ」

「初めましてクリスティーンと申します」

「初めまして。あなたにお会いするのをとても楽しみにしていたの」

彼女もクリスティーンのことはよく知っているようだった。

自分だけが何も知らず、自分以外の人間は全てのことを知っている状況というのは、なんとも仲間はずれにされているようで、少し居心地が悪かった。

「お母様もエドワードに会いたがっていたのよ」

「後でご挨拶に伺うよ」

「仕事は一段落したんだろ？　週末、乗馬に行かないか？」

「乗馬か。最近行ってないな」

「そう、レオノラも一緒に行こう」

「楽しそうね。久しぶりに行きたいわ」

こんなにたくさん人がいるのに、自分の味方は誰ひとりいない気がしてクリスティーンは居心地の悪さと心細さを同時に味わっていた。

楽しそうに談笑し始めた三人を見て、クリスティーンはそう思った。

ヒュー・ウィリアムもレオノラもクリスティーンよりは少し年長なので、なかなか話に入っていく勇気もなく、黙って見ているだけだったが、仲の良さそうな三人の様子や、リラックスしたエドワードの表情を見ているだけで、クリスティーンは満足しようと努力した。

ひとしきり三人でお喋りを楽しんでから、エドワードが傍らにいるクリスティーンに思い出したかのように声をかけた。

「クリスティーン、何か飲み物を持ってこようか？」

「あ、それなら私が」

「じゃ、一緒に行こう」

「…はい」

「じゃあまた」

レオノラとヒュー・ウィリアムに挨拶をしてその場を離れる。

「黙りこくっていたけど、つまらなかったかい？」

「そんなこと…」

「今日は君の初めての舞踏会だからね。これからはこういう場所にくる機会が増えると思うし、少し慣れておかないと」

「みなさん華やかな方ばかりで、なんだか気後れしちゃって…」

エドワードがフッと笑った。

ボーイからカクテルグラスを二つ受け取ると、ひとつをクリスティーンに渡す。

「君だって華やかで美しいよ、クリスティーン」

グラスに満たされたカクテルの甘い香りとともに、エドワードの甘い言葉がクリスティーンの胸にじんわりと広がった。

「少しお酒が入っているけど、大丈夫？」

「とっても美味しいです」

初めてのお酒は甘くて爽やかで、少し大人の味で、小さなカクテルグラスはあっという間に空になってしまった。

それまでずっと誰かと喋ることもなかったので、いつもは思うだけで言わないことを言ってしまえるような気がした。

「エドワード様は私のことを…」

「？」

エドワードが不思議そうな顔でクリスティーンを見た。

「妹のように思ってらっしゃるのですか？」

「ああ、さっきの話」

ヒュー・ウィリアムが言っていた妹のような女の子という言葉を思い出して、エドワードは破顔したが、クリスティーンは笑わなかった。

「初めて君と会った時、兄弟のいなかった僕には小さな妹ができたようで嬉しかったんだ」

遠い夏の日を思い出すような、懐かしそうな顔でエドワードが言った。

「私もお兄様ができたようでとても嬉しかったです」

「うん、そうだね。君はすぐに僕に懐いてくれた。周りに小さな子供もいなかったし、とても新鮮で、本当に可愛かった」

クリスティーンはおにいちゃま、おにいちゃま、と懐いていた幼い日の自分の気持ちを思い出していた。

あの頃は、ハンサムで優しいおにいちゃまに恋をして、こんなにも胸がいっぱいになる日がくるとは考えてもいなかった。

「君の後見人になって、あの時の可愛い妹ともう一度一緒に暮らせると思った時は純粋に嬉しかった」

「…」

過去形で嬉しかったと言う言葉が、胸を少しささくれだたせる。

「独りぼっちになってしまった君を引き取ったものの、仕事が忙しくてなかなか時間がとれなくてね」

(本当に、一緒の家にいるというのにずっと会えなかった…)

あまりに会えないことに焦《じ》れて、エドワードの居室まで押しかけていったことを思い出す。

「一人でロンドンにやってきてどんなに淋しい思いをしているだろう、独りぼっちで泣いてやしないだろうか？　って心配でね」

エドワードが照れくさそうに頭をかいた。

その様子がとても好ましくて、クリスティーンはエドワードが本当に自分を家族のように愛してくれていることを確信した。

「考えれば考えるほど心配で、女の子の寝室をのぞくなんて紳士にあるまじき行為なのはわかっていたけれど、ほんの少し、ちょっと顔を見るだけと思って、あの夜、君の部屋に行ったんだ」

「あ…」

夢うつつで初めてエドワードと触れ合った夜のことを思い出す。

「しばらく会わないうちに、可憐な少女だった君は美しいレディになっていた。妖精のように美しいままで、ね」

「…」

「だから僕は…」

エドワードが何か言いかけた時、ヒュー・ウィリアムがエドワードを呼びに来た。

「エディ、最初のカドリールだ。レオノラと踊らないと」

「ああ…わかった、ヒュー・ウィリアム。クリスティーン、ちょっと待ってて」

「…」

エドワードは広間の方に足早に向かって行った。

傍らには優しそうなヒュー・ウィリアムが残った。

「君も踊りに行く？」

「…あ、いえ、私は」

「エディがうるさいのかな？」

ヒュー・ウィリアムは人のよさそうな笑みを浮かべた。

大輪の薔薇のような婚約者レオノラと違い、ヒュー・ウィリアムは貴族だというのに素朴で飾り気のない親しみやすさを感じさせる人だった。

「こういう舞踏会の最初のカドリールはパーティーを開催した家の女性と、パーティーの参加者の中で一番権威のある男性が踊るんだよ」

「…あ」

「うん、今日ここの一番はエドワードなんだ」

(一番…権威のある男性…)

ヒュー・ウィリアムにそう言われてクリスティーンは愕然とした。

そして、つい今しがた、自分が馬車の中で繰り広げた痴態を思い出し、顔が熱くなった。

途轍もなくはしたないことをしてしまったことに気がついて、目の前が真っ暗になる。

エドワードが望んだこととはいえ、馬車の中で初めての経験をするなんて、とてもレディのすることではないと思った。

それなのに、自分の身体はそのことを思い出しただけで熱くなってしまう。

(レディ失格だわ…)

美しく着飾った女性や、立派な身なりの男性や、たくさんの勲章をつけた軍服姿の男性もいる中で一番権威があるというエドワードに相応しくなりたいなどという台詞は、田舎貴族の娘である自分には身の程知らずにもほどがあった。

(エドワード様は私とは違う世界の人なんだわ…)

エドワードはクリスティーンが思っているよりも、もっと、もっと遠い場所にいる人だということをひしひしと思い知った。

常日頃、エイミスやジェーンと気さくに喋り、毎日自分の部屋にやってきては楽しい話をしてくれるエドワードのことを、クリスティーンは何も知らなかった。

いや、知ろうとしなかったというのが正しいかもしれない。

きっと聞けば皆が教えてくれたに違いない。けれども、エドワードへの恋心に浮かれて、本当に大切なことを目の前のことを知ろうとしなかった。

（本当に浅はかな私…）

「どうしたの？　顔色が悪いよ？」

「少し…お酒に酔ってしまったみたいです」

ヒュー・ウィリアムの話もショックだったが、先ほど飲んだ酒がかなり効いてきたのも事実で、クリスティーンの足元は少しふらついていた。

「それはいけないね、テラスで風に当たるといいかもしれない」

ヒュー・ウィリアムが心配そうにエスコートしてくれようとしたので、クリスティーンは丁寧にそれを断った。

「一人で大丈夫です。舞踏会も始まりますし、どうかレオノラ様とご一緒に過ごしてください」

「本当に大丈夫？　ダンスが終わったらレオノラとエディと一緒にすぐにテラスに行くか

ら」

「ありがとうございます」

大広間を出て、一番大きなテラスに向かうとそこにはもう先客がいた。

ジェーンに教えてもらった話では、舞踏会で意気投合した男女はテラスに移動して親密さを深めるのだという。

みな、テーブルに肘をついて見つめあうようにして小声でお喋りを楽しんでいる。

しばらくはクリスティーンもそこに座っていたのだが、用意された椅子がいっぱいになり、後からやってきたカップルが座る場所がなくて立ったまま話をしているのを見て、自分が邪魔をしていることに気がついた。

出会ったばかりの楽しそうなカップルの様子を見て、独りぼっちのクリスティーンは少し悲しい気持ちになった。

自分もあんな風にエドワードと出会うことができていたら、そうしたら普通に恋人同士になれたかもしれない、そんなあり得ないことすら考えてしまう。

「…」

涙がこみあげてきて、クリスティーンは小さく鼻を鳴らした。

悲しい気持ちを振りはらうようにして立ち上がる。

(ここにいたら皆さんに迷惑をかけてしまうわ)

慌ててそのテラスを離れると、次に人目につかない庭に面した薄暗いテラスに向かう。

そうするうちにも、頬がすっかり熱くなって、酔いが回ってきたのがわかった。

やっとの思いで辿り着いて、ホッと座り込んだ途端。

「あ、あんっ…ダメェ」

「だめじゃないだろ？　気持ちいいんだろ？」

「やっ…あっあんっ」

「声が大きいよ」

「だって…」

（…！）

どこからともなく、男女の睦みあう声が聞こえてきて、クリスティーンは座ったままの姿勢で硬直してしまった。

（は、早くここからも立ち去らないと）

いちゃついているというよりは、今にも男女の営みを始めそうなほど親密そうな様子に、クリスティーンはびっくりして逃げだそうとしたその時。

「あら？　あなた…」

「ポートマン家の居候のお嬢さんじゃないか」

そう声をかけられて振り向くと、そこには華やかというよりは、若干下品なほど色鮮やかな化粧をした女性と少し着崩れた印象の男性が身体を密着させて立っていた。

　仲の良い恋人同士に見ようと思えば見えなくもないが、誠実に愛し合っているという雰囲気とはかけ離れた様子の二人に声をかけられ、クリスティーンは思わず立ち止まった。

「一人で何をしてるんだい？　ここは愛を語らう場所だ、ポートマン子爵は一緒じゃないのかい？」

　男が馴れ馴れしく話しかける。エドワードのことをポートマン子爵と呼ぶということは、さして親しくはないということだろう。

「まさかもう新しいパトロンに乗り換えられたのかしら？　お嬢様？」

「そうか！　さすが評判のお嬢さんだけあって、やり手だなあ。もっとも、もう『お嬢さん』ではないんだろうけどねえ」

「評判……？」

　失礼なことを言われているのはわかったので、立ち去ろうとしたのだが、自分の『評判』という言葉に引っかかった。

「ポートマン家に強引にもぐりこんだ、やり手のお嬢さんだって評判だよ」

「強引に……？」

「噂通りの美人さんだ、こんな娘に色仕掛けでたらしこまれて、さすがのポートマン子爵様もメロメロだろうよ」

「…ちょっと言いすぎよ」

「おまえさんがさっきそう教えてくれたんじゃないか」

「やめてよ、私のせいにしないで。みんながそう言ってるって話をしただけじゃない」

「皆が言ってるってことは、きっと本当なんだろうって言ってたのはお前じゃないか」

責任のなすりあいを始めた二人の元から一刻も早く立ち去りたくて、クリスティーンは走り出した。

想像はしていたけれど、あまりといえばあまりの言葉にクリスティーンはこの屋敷から逃げだしくなった。

(色仕掛けで…もぐりこんだ…)

ここにいる人たちみんながそういう目で自分たちを見ていた、そう考えるだけで顔から火が出そうに恥ずかしかった。

(ここにいるみんなが…私がエドワード様を誘惑したと思っている…)

それは事実ではないけれど、実際にエドワードと肌を重ねたことがある自分には、正面切って否定することができない。

エドワードを誘惑したつもりはなかったが、ポートマン家から追い出されたら確かに自分には行くところがない。

ポートマン家の人たちと仲良くなれて、純粋に嬉しい気持ちだっただけなのに、それが何か薄汚れた噂になっていたと知って、途轍もない羞恥に襲われた。

人のいない場所を探しながら庭に向かうと、そこには人けのない温室があった。

中に入ると少しムッとした湿気があったが、そのおかげで他に誰かがくる心配をしなくて済みそうだった。

ようやく一人になれてホッとする。

（エドワード様はまだダンスを踊られているのかしら）

こんな時でも真っ先に考えてしまうのはエドワードのことだった。

後で一緒にワルツを踊ろうと誘ってくれていたのを思い出す。

（私はエドワード様の優しさにうぬぼれていたのかもしれない…）

初めて屋敷を訪れた時から、まるでお姫様のように大切にしてもらった。

時々、なんとなく意地悪なことを言ったりするけれど、もちろんそれは全て冗談で、エドワードは常にクリスティーンのことを気遣ってくれる。

（今頃、たくさんの女性にダンスを申し込まれてるのだわ…）

クリスティーンはグロブナー家に到着してからずっと、周囲にいる女性たちが自分たちのことを見てヒソヒソと噂していることに気がついていた。

エドワードの一挙手一投足にさざめくようなときめきの声が広がっていたことも。

聴き耳を立てても内容はよく聞こえなかった。けれど、エドワードと一緒にやってきた自分のことは、きっとよくは言ってないだろう…ということだけは女性たちの顔を見れば一目瞭然だった。

クリスティーンにとってエドワードは初めて出会った大人で優しくて非の打ちどころのない素敵な男性で、世界の全てだと言っても過言ではなかった。

しかし、それはクリスティーンにとってだけではなく、ロンドンの煌めくばかりに美しい他の女性たちの目から見てもエドワードは完璧な男性であり、理想的な、未来の伴侶に相応しい男性だったのだろう。

彼女たちにとって自分は、エドワードの屋敷に転がり込んだ、狡賢《ずるがしこ》くて汚らしい財産目当ての田舎娘でしかないのだ。

それどころか、エドワードがそんな自分に色仕掛けでたらしこまれているといった悪評までたっている。

（私はエドワード様の、ひいてはポートマン家の評判を落としている…）

そこまで考えて、クリスティーンは目の前が真っ暗になった。

エドワードに相応しい女性になるどころか、足を引っ張っている自分がたまらなく嫌だった。

昔から一人遊びが得意で、綺麗な花や、美しい景色を見て、色んな空想をして楽しむことが好きだった。

だから父と二人でも淋しいと思ったことはなかったけれど、ロンドンにやってきてからたくさんの人と出会い、色んなことを学んで自分なりに成長し充実した日々を送っていると思っていた。

(それなのに…)

今まで以上に人の優しさや温かさに触れ、少しでも周りの人、とりわけエドワードのためになりたいという気持ちを持った矢先だというのに、自分が存在するだけでエドワードに迷惑をかけている。

愛しい気持ちが大きければ大きいほど、自分の存在が相手のためにならないことが辛くて仕方がなかった。

(誰かを好きになるって…楽しいことだけではないんだわ)

大人の女性なら誰もが知っているそんなことを、クリスティーンはエドワードを好きになって初めて知った。

(私では駄目だわ…)

何の後ろ盾もない、いや、エドワードの後ろ盾がなければ何もできない無力な自分。

それが今のクリスティーンだった。

(私は本当に無力だわ…)

すっかり打ちのめされてしまったクリスティーンは力なく座りこんだ。

温室の入り口に人の気配がしたかと思ったら、温室の花にも負けないきらびやかな姿が現れた。

「ああ、ここにいたの？　大丈夫？　顔が赤いわよ」

レオノラが心配して探しに来てくれたのだ。

薄暗い温室の中でもレオノラは輝くように美しかった。

「私もレオノラ様みたいになりたかった…」

小さな声で言ったクリスティーンの言葉を聞いて、レオノラが怪訝《けげん》そうに眉を顰めた。

「どうしたの？　クリスティーン、酔っ払ってるの？」

「私もレオノラ様みたいにお金持ちで美しくて、自信に溢れていたら…エドワード様に相応しい女性になれたかもしれないのに…」

レオノラがクリスティーンの頬に触れた。

「熱いわね。あまりよくないわ」

「私じゃ…私じゃダメなんです。私なんかそばにいてもエドワード様のためにならないから…」

「クリスティーン、あなたそんなこと言ってたらその辺にいる女連中に嫉妬で殺されるわよっ」

「レオノラ様…」

突然、レオノラがそんなことを言いだしたので、クリスティーンはびっくりして目を白黒させた。


「お久しぶりです、エドワード様」

「そうですね、相変わらずお美しい」

エドワードは、どこで会ったかも思い出せない御婦人の話を適当に聞き流しながらグラスを傾けていた。

最初のダンスを踊り終えてからクリスティーンを探したのだが、次から次へと人に話しかけられ、イライラしているとレオノラが探しにいってくれた。

(だから舞踏会は嫌いなんだ)

楽しそうに自分に話しかけてくる着飾った女性の顔を見ても、なんの感情も浮かばない。

世間一般で言えば彼女も十分に美しかったし、着ているドレスも、スタイルも十人並み以上だろう。

しかし、エドワードの周りには昔からそんな女性ばかりがいたので、ちょっとやそっとの美女には何も感じなくなってしまったのだ。

（クリスはどうしているんだろう）

いつまでたっても控えめで、初々しいクリスティーンのことが頭から離れない。

目を閉じると、華奢なのに柔らかいクリスティーンの白い肢体を隅々まで思い出すことができる。

快感に我を忘れそうな様が不安そうで、そんな不安を与えている自分に頼ってくるようにしがみついてくるのが愛しくてたまらなかった。

地位や名誉、財産など関係のない子供の頃からずっと、おにいちゃま、おにいちゃまと慕ってくれたクリスティーン。

大人になった今もなお、自分の後ろをついてきていた少女の頃と変わらぬ信頼を寄せてくれるクリスティーンの清らかな心根は、これまで知り合ったどんな女性にもなかったものだとエドワードは確信している。

（とうとう身体をつなげてしまった）

自分を慕っていたクリスティーンが美しい女性に成長して、ロンドンにやってきた時からこんな日がくるのはわかっていたような気がした。

後悔はしていなかったが、初めてのクリスティーンには少し可哀相なシチュエーションだったと思う。

（クリスティーンが逆らえないことを知っていて、あんなことをしてしまった）

いつもは紳士然としているエドワードだったが、クリスティーンの前では良くも悪くもついつい本音が出てしまう。

（レオノラはクリスを見つけたかな）

きっとクリスティーンは初めての舞踏会で心細い思いをしているはずだから、早く見つけてあげてほしいと思った。

「エドワード様！　珍しいところでお会いできてうれしいわ」

「お久しぶりです。お変わりないようで何よりです」

また別の女性が話しかけてきた。

（…だから舞踏会は嫌いなんだ）

頭のどこかでクリスティーンのことを考えながら、エドワードは苦々しい気持ちを一切顔に出さず、淡々と会話を続けた。

その頃温室では酔いさめやらぬクリスティーンにレオノラが昔話をしていた。

「エドワードはあの通りのルックスで家柄もいいから、そりゃもう女の子にはモテモテだったの」

「そう、なんですか…」

「ええ、笑っちゃうくらいモテてたわ。道を歩くだけで女の子がまとわりついてきて、うるさいくらい。だからエドワードはすっかりパーティー嫌いになってしまったのよ」

「パーティー嫌い…」

しゃがみこんだ時に裾についた泥をパンパンッと払いながら、レオノラが少し乱れた髪に手をやった。

「ウィリーが前に言っていたの。エディには好きな女の子がいるんだって」

思いがけない言葉に、クリスティーンの胸がツキッと痛んだ。

「昔、両親が離婚する時に荒《すさ》んでいた心を慰めてくれた妖精みたいに可憐な女の子のことを花嫁にするって言っていたそうよ」

「え…？」

「あなたを一目見てすぐにわかったわ。華奢な手足に透き通るような白い肌、本当に息をしているのか疑いたくなるような儚《はかな》げな美少女」

「え…えぇ!?」

レオノラはフフッと鼻を鳴らすと、ニヤッと笑った。

「少し頭を冷やしてから戻っていらっしゃい。大広間にはあなたにケチをつけようとして、手ぐすね引いて待っている女がうようよしてるわよ」

レオノラが再び凛《りん》とした眼差しで淑女然とクリスティーンを見つめた。

「やっと捕まえた『僕の妖精』だから、エディも守るだろうけど、あなた自身がしっかりしなくちゃ、どんなにエディががんばってもフォローしきれないと思うわ」

「は、はい」

「わかっているならいいわ」

レオノラはそう言って、颯爽と大広間に戻って行った。

(それって…それって…)

レオノラの言葉を必死で反芻する。

(エドワード様はずっと私のことを好きだったってこと?)

頬の熱さと、身体の熱さが沸点に達して、気が遠くなってきた。

(どうしよう、戻らなくちゃいけないのに…動けない…)

エドワードの本当の気持ちを聞いて、心は踊りだしたいほど嬉しいのに、胸のむかむかがひどくなって、冷や汗が出てきた。

レオノラは何かもっと大切なことを言っていた気がするのだが、どうにも思考が定まらず、頭がぐらぐらとする。

(やだ…どうしよう…)

首から下は熱いのに、頭からは血の気が引いて寒気がしてくる。そのうちに耳鳴りがしてきた。

「エ…エドワード様」

立ち上がることもできず、クリスティーンはそのまま気を失った。

第六章

遠くでエドワードの声が聞こえる。

『クリス、クリス』

「…はい」

エドワードの心配そうな顔が見えた。

『水を飲んで』

「ん…」

口唇にコップがあてられたが、上手に飲むことができない。そうしているうちに、今度は柔らかいものが口唇に触れた。

(これはエドワード様の口唇だわ…)

夢見心地でキスを受けると、口移しで冷たい水が喉に注ぎ込まれた。

コクン、と飲み込む。

『もっとだよ』

たくましい胸に抱き抱えられながら、クリスティーンは何度も何度も口移しで水を飲んだ。

コク、コク…

冷たい水が喉を通り過ぎて行くのが気持ちいい。

エドワードに介抱されているのだ、と気がついてクリスティーンは自分の不甲斐なさにやるせない気持ちになった。

「…私は、私は…」

『ん？』

エドワードが『どうしたの？』という顔でのぞき込んだ。

「わ、私は貧乏で、やせっぽちで、エドワード様に迷惑ばかりかけてるから…好きになるどころか、隣にいちゃいけない…私なんてエドワード様のそばにいちゃいけないんです」

話しているうちに、クリスティーンの瞳から涙が後から後から溢れだす。

『クリスティーン…？』

「私なんて…エドワード様のそばにいちゃいけない、今すぐ消えた方がいいんだわ…」

エドワードが何とも言えない表情でクリスティーンの髪を撫でた。

『かわいいクリス、誰かに何か言われたの？』

「色仕掛けで…強引に、ポートマン家にもぐりこんだって…」

『…』

「私はいいんですっ」

子供のように泣きじゃくりながら、クリスティーンは更に言いつのった。

「エドワード様や…ポートマン家が悪く言われるのは…私のせいで…悪く言われるのは…嫌なんです…」

『クリスは泣き上戸《じょうご》だね』

酔っ払ったクリスティーンの言葉を黙って聞いていたエドワードは、そう言うと水差しからコップに注《つ》いだ水を一口飲んだ。

『僕やうちの家の悪口なんて、昔から山のように言われ慣れているよ』

あきらめたようにそう言うエドワードの手を握ると、クリスティーンは必死で訴えた。

「ダメっ！　そんなのは絶対にダメ！」

『クリス』

「エドワード様は…素敵な方なんですから…ポートマンのおうちは…素晴らしいおうちなんですから…」

『いい子だね、クリスティーン』

優しく抱きしめられてもう一度キスされた。

冷たい水が喉に流れ込んできて、クリスティーンはそれをコクンと飲んだ。

（おいしい…）

エドワードの唇と腕の感触が気持ちよくて、クリスティーンは再び浅い眠りに落ちた。

夢うつつにジェーンの心配そうな声や、それをなだめるエイミスの声が聞こえる。

さっき話しかけてくれたエドワードの声は一切聞こえないけれど、自分の手を握っているのは誰なのか、その感触だけでクリスティーンはエドワードが傍らにいることがわかった。

言葉を聞かなくてもエドワードが心配してくれているのがわかる。

言葉がなくてもエドワードが近くにいるだけで安心できる自分がいる。

（言葉にしてくれなくても、いつも愛情を注いでくれていた）

舞踏会の会場で色んな言葉に翻弄された自分の浅はかさが恥ずかしかった。

（もっときちんとエドワード様を信じなくては…それから…それから…）

レオノラに何かとても大切なことを言われた気がしたのだが、どうしても思い出せなかった。

クリスティーンはそのまま深い眠りについた。

「…ん」

目を閉じていても眩しい朝の陽光を感じて、クリスティーンは目を覚ました。そこは見慣れた自分の部屋だった。

「あぁ…」

気分が悪くなってきたところまでは覚えているのだが、そこから先の記憶はない。おそらく、そのまま酔いに任せて眠ってしまったのだろうが、不思議と気分は悪くなかった。

（舞踏会に行ったんだわ…）

昨夜のことなのに、随分前のことのような気がする。

舞踏会のことを思い出そうとしても、その前の馬車の中での出来事が浮かんでしまう。

はっきりと目を覚ました状態で身体を重ねた熱い初めての経験を思い出す。

（私…エドワード様と…）

エドワードの手が指が、そしてエドワード自身が導いてくれた快感の余韻がクリスティーンの身体の中に蘇った。

「……！」

破瓜の記憶に身体の奥が、キュッとなった気がした。

そして、それとともに、エドワードにされた様々なことも思い出して、なんとなく身体がもぞもぞしてきた。

（エドワード様の指…）

クリスティーンはおずおずと自分の身体の中心に指を伸ばした。

シルクの寝間着の裾を割って、指をそこにあてがうと果たしてそこはもうしっとりと湿り気を帯びていた。

「…ぁ…」

ほんの少し触れただけで、小さな声が漏れる。

指先で一番敏感な花芯をそっとなぞる。

「…ぅ…ぅ…」

あそこがキュッとして、奥から熱い蜜が溢れてくる。

自分自身の潤いに勢いを借りて、指を動かすと、エドワードに触れられているような気持ちになって、どんどん動きが大胆になった。

「…ふぅっ…あっ…」

その時、部屋のドアがノックされた。

「！」

「僕だけど」

「は、はいっ！」

突然、エドワードが寝室に入ってきて、クリスティーンは大慌てで身支度を整えた。

頬を上気させたクリスティーンを見て、エドワードは苦い微笑みを浮かべた。

「体調はどう？」

「いえ、あ、はい」

クリスティーンがしどろもどろになっていると、エドワードはクリスティーンをベッドに横になるように促した。

「クリスティーン、昨夜のことなんだけど、僕のそばにいちゃいけないって、誰かが君に吹き込んだ…？」

「…そんなことありませんっ」

クリスティーンは慌てて否定した。

「そんな、エドワード様の周りの方で、そんなことを言うような方は一人もいらっしゃいません」

「そう？　レオノラが言ったのかと思ったよ」

「そんな…！　レオノラ様はそんなことおっしゃいません」

エドワードは小さなため息をついた。

「随分レオノラ贔屓みたいだけど、まさか君は彼女みたいになりたいの？」

「私が？　レオノラ様みたいに？」

思ってもいないことを言われて、クリスティーンはびっくりした。

「私はあんな美しくも、賢くもないので、そんなの無理です…」

「…レオノラよりもクリスの方がずっときれいだよ」

エドワードはそう言うと、ベッドから立ち上がりドレッサーに向かった。

快感を途中で遮られた上、少し雰囲気の違うエドワードの様子に不安な気持ちを感じながらも、いつもと違う緊張感にクリスティーンの心臓はさっきからドキドキと忙しく脈打っていた。

「この部屋は母が使っていたんだ」

「…」

「このドレッサーも母のものだったんだよ」

ドレッサーの引き出しを開けると、そこから優雅な羽根扇が出てきた。

ふんわりとした白い羽根がたっぷりとあしらわれた豪華な扇を口元にあてたエドワードを見てクリスティーンは言葉を失った。

(なんだか…いつもと違う…)

ふわふわと羽根扇を使うエドワードは妖艶《ようえん》と言ってもいいほど、生まれついての貴族ならではの頽廃《たいはい》的な魅力に満ち溢れていた。

エドワードの瞳に見据えられると、クリスティーンは猛禽類《もうきんるい》の前で動けなくなる小鳥のような気分になる。

このまま食べられてしまっても構わない、そんな気持ちだ。

「可愛いクリスティーン。君といると僕は、どうしても自分の想いを抑えきれなくなってしまう…」

エドワードが切なそうな顔をして俯いた。またエドワードに触れてもらえなくなってしまう、そう思ったクリスティーンは思わず声を出した。

「い、いいんです」

「クリス?」

「エドワード様にならなにをされてもいいんです」

クリスティーンの言葉を聞いて、エドワードが微笑んだ。

「本当に何をしても、何をされてもいいんだね?」

「…え?」

「じゃあ、キスしてクリス」

自分からキスするなんてとても恥ずかしかったけれど、エドワードにそう言われて、クリスティーンはおずおずと口唇を近づけた。

エドワードの顔が近づくとドキドキする。

長い睫毛、ツンと高い鼻、そしてその形のいい口唇にそっとキスする。

言質《げんち》をとられたクリスティーンはとても恥ずかしかったが、なんとかエドワードの言う通り口唇だけの可愛らしいキスをすることができた。

エドワードの手が寝間着の裾を割り、クリスティーンは下半身がむき出しにされるのを感じた。

「足を開いて」

（恥ずかしい…）

けれど、恥ずかしい恰好をしている自分や、そんな自分を見つめるエドワードの視線を感じると、自分ではわからない官能的な気持ちがこみあげて頭がボウッとしてくる。

（恥ずかしい…けど…）

恥ずかしい姿勢を要求されることに、興奮している自分の感情に気がついてクリスティーンは二重の意味で羞恥と快感を感じた。

「あれ？　クリス、どうしたの？　ここがびっくりするくらい濡れているよ」

さっきまで自分でそこを触っていましたとも言えず、クリスティーンはぷるぷると震えながら、エドワードの言葉を受け止めた。

「なんでこんなに濡れているの？　何かしていた？」

エドワードが不思議そうな顔でクリスティーンをのぞき込んだ。

「…なに…も…」

クリスティーンは恥ずかしくて涙が出そうになった。

「何を考えてたのかな？」

「あ、え、エドワード様のことを…」

「僕のことを考えて何をしていたの？」

クリスティーンは観念して、キュッと口唇を噛みしめた。

「ごめんなさい…ごめんなさい」

「謝らなくていいよ、何をしていたのか教えて、クリスティーン」

「え…エドワード様が…前に…あの…どういう風に…触ってたか…思い出して…」

「自分で触ってみたの？」

クリスティーンは声も出せずにコクンとうなずいた。

「そう、だからこんなに濡れてるんだ…」

（エドワード様が…私のあそこを見ている…）

馬車の中でも見られたけれど、明るい部屋でこんな風に見られるのは初めてで、途轍《とてつ》もない羞恥と共に言葉では説明できない興奮で、身体の奥がジュン…と潤ってくるのがわかった。

「クリスのここ…ピンク色に光ってるよ」

「あぁ…！」

エドワードが優しく囁いた。耳元を吐息がかすめて、背中からぞくぞくするような快感が走った。

「はぁ…」

「不思議だな、何もしてないのにどんどん濡れてくる…」

耳元に口唇を寄せ息を吹きかけるように囁かれて、クリスティーンは自分のあそこに熱いものがこみ上げてくるのを感じた。

「あっ、あっ…だ…駄目です…」

「何が駄目なの？」

熱い吐息が耳元を刺激する。

「だっ…ぁ…」

足の間がキュンッとして、身体の奥が少し震えた。

「…あぁぁ…ん…！」

エドワードはクリスティーンが言葉だけで軽い絶頂を迎えたことに気がついた。

「何もしてないのにいってしまったの？」

「…」

「自分で触りすぎた？」

「…エドワードさまぁ…」

クリスティーンが恥ずかしそうに真っ赤になって目をつぶっているのを見て、エドワードは可愛くて仕方なくなった。

手に持っていた羽根扇でクリスティーンの濡れたそこに優しく風を送る。

「ひっ…」

ほんの少しの刺激でもピクッと反応するクリスティーンの感じやすい身体を見ると、否応なくエドワードの中の悪戯心が刺激された。

瞳を閉じたクリスティーンの滑らかな太腿を、何か柔らかいものがかすめる。

「あぁ…!?」

エドワードが手に持っていた羽根扇でクリスティーンの太腿を優しく撫でていたのだ。

「どうしたの？」

「あっ、あっ…だ…ダメ…また…」

「羽根が気持ちいいのかな？　クリスティーンはこういうのが大好きなの？」

「やっ…あっ！　あ…あ…ぁ…」

羽根の感触がふくらはぎ、足首や足指の先までかすめると、今度は太腿の付け根に戻ってきて、一番敏感な部分をフワリと刺激する。

「…ひっ…！」

「クリスのあそこからまた蜜がこぼれてきたよ」

「…やぁ…」

エドワードはクリスティーンの愛液を掬《すく》うようにして、そこを刺激した。

やっと与えられた指先の愛撫に、クリスティーンは全身を震わせた。

「……」

ビクビクッと断続的にクリスティーンの身体が震えて、再び軽い絶頂を迎える。

「またいっちゃったの？」

「やっ…あっ…あぁんっ！」

今度は仰向けにされると、寝間着の前を全てはだけさせられた。

プルンッと形のいい胸が、勢いよく現れる。

エドワードはクリスティーンのサンゴ色の乳首に羽根扇を這わせると、小刻みにはためかせた。

「はっ…あっ……エドワードさまぁ…」

クリスティーンのサンゴ色の乳首がぷくんと屹立している。

さっきから感じすぎている証拠だった。

エドワードはその小さな突起に口唇を寄せると、甘噛みした。

「…ひっ…」

今度は口唇だけで優しく吸い上げる。

「…はぁ…んっ…」

「まだまだだよ、クリスティーン」

「やぁ…あぁん…」

クリスティーンは胸にしか与えられない刺激がもどかしくて、腰をくねらせた。

エドワードがクリスティーンの濡れた割れ目に指を添わせた。

「…あ…」

やっとそこに触れてくれたと思ったのに、エドワードは触れているだけで指を動かしてくれない。

「一人にすると自分で触ってしまうほど悪い子になってたなんて、知らなかったよ」

「…エドワードさま…ごめんなさい…」

「ここをどうやって触ったの?」

「…そこを…」

何度もいかされながら待ちに待ったエドワードの指がそこに触れているのに、ピクリとも動かないもどかしさにクリスティーンは頭がおかしくなりそうに、身体が熱くなった。

「そこを…指で…」

「指でどうするの?」

「…こう…」

とうとう我慢できず、クリスティーンはエドワードの指に自分の手を添えて、濡れたそ

の部分を撫で始めた。

「はぁっ…あっ、あっ、あぁ」

桜色の突起を撫で上げるようにすると、芯にある触れるだけで跳ね上がるほど敏感な芽がむき出しになる。

「ここを…この指でどうするの？」

エドワードの声も欲望で濡れていた。

「ここを…ここを…あっ、あっ、あっ…あぁぁぁ…！」

エドワードの手を両手で抱きしめ、その指を快感の源である敏感な芽に擦りつけながらクリスティーンは何度目かの絶頂を迎えた。

「クリスティーン…！」

可愛らしくも淫らな姿を見せるクリスティーンを見て、エドワードはたまらない気持ちで抱きしめた。

体中が性感帯のようになってしまったクリスティーンは、エドワードに抱きしめられただけで、全身を痙攣させた。

「あぁっ…あ！　あ！　…ダメです…私…ダメ…」

快感が続きすぎて震えているクリスティーンが浮かされたように呟いた。

「おかっ…おかしく…なっちゃ…」

「クリス!?」

クリスティーンの美しい瞳から、滂沱《ぼうだ》の涙が溢れていた。

「…ごめ…ごめ…なさ…」

「クリスッ」

過呼吸気味に息が荒いクリスティーンを見て、エドワードは顔色を変えた。

「落ち着いて、深呼吸するんだ」

「…あっ…あぁっ…」

ピクッ、ピクッと震えるクリスティーンの身体を鎮めるように、エドワードは優しく抱きしめる。

「エドワード…さま…」

「…大丈夫?」

「……ひっ…あ…」

熱に浮かされたようになっているクリスティーンが、泣きながら必死でうなずいている。

到底落ち着いているとは思えないその様子を見て、エドワードは口唇を噛んだ。

「クリスティーン…」

「エドワード…さま」

「ごめん」

快感が続きすぎた人が、何も考えられなくなる様子を、その夜エドワードは初めて見た。

(このままでは…僕はクリスティーンをこわしてしまうかもしれない)

そして次の日、エドワードは何も言わずにアメリカに旅立っていったのだ。

第七章

トントンッ、トントンッとノックの音が響く。

「クリスティーン様、ドアを開けてください」

困り果てた声でジェーンがそう言った。

「ごめんなさい、ジェーン、なんだか気分が悪いの…」

「そんなことおっしゃらないで、お食事をお持ちしましたよ」

「…ごめんなさい、食べたくないの」

「クリスティーン様…」

エドワードが旅立って、一週間近くが過ぎようとしていた。

ようやくエドワードと結ばれたと思ったのもつかの間、舞踏会の後に気が遠くなるほどの快感を与えられたきり、エドワードはアメリカに旅立ってしまった。

仕事とはいえ、何も言わずに突然の長旅に出てしまったことはクリスティーンにとって大きなショックで、その事実をどう受け止めていいかわからなくなってしまったのだ。

（エドワード様はどうして何も言ってくれなかったの？）

どう考えても、答えを導き出すことはできなかった。

エイミスは、突然の仕事でこういう出張をすることは決して珍しいことではないと言いながらも、クリスティーンに何も告げずに出かけたことに関しては説明してくれなかった。

ジェーンは腫れものに触るように気を使ってくれるのだが、逆にそのことが重荷になってしまい、クリスティーンはとうとう部屋にこもるようになってしまったのだ。

「昨日も何も食べてらっしゃらないじゃないですか。せめて、果物だけでも召し上がってください」

「…食べたくないの…ごめんなさい」

我がままなど言ったことのないクリスティーンがこんな有様になってしまい、ポートマン家の使用人一同はすっかり困り果ててしまった。

結局、ドアを開けてもらえずにすごすごと戻ってきたジェーンが、エイミスに泣きついた。

「どうしましょう…ただでさえ食が細いのに」

「何も召し上がらないのか？」

「はい…エイミスさんがクリスティーン様を説得していただけませんか？　ご主人様の留守中に体調を崩されたりしたら、申し訳なくて顔向けできません…」

「そうだな…」

「この前、レオノラ様が結婚式の招待状を持って行きたいって連絡があった時も、気分がすぐれないからと断られてしまって…」

「…それは困ったねえ」

責任感の強いジェーンは、エドワードの行動にショックを受けたクリスティーンの変調を、まるで自分の責任のように感じてしまい、すっかりしょげてしまっている。

恋に目が眩んですっかり周りが見えなくなっているクリスティーンに、きちんと周囲を見ることを伝えるのは自分の役目かもしれないとエイミスは思った。

（ここはひとつ、この老いぼれが出しゃばるしかないか）

亡くなった先代やクリスティーンの父親の顔がエイミスの脳裏に蘇る。

神に愛されているとしか思えない美しい自分の主人と、可愛いクリスティーンの恋の成就のために、多少の面倒事も甘んじて引き受けなくては罰が当たってしまいそうだ。

そんなことを考えながら、老執事は少し楽しそうに恋の手伝いをすることを決心した。

「クリスティーン様、午後のお茶をお持ちしました」

「…エイミスさん…」

落ち着いたエイミスの声が聞こえて、クリスティーンは仕方なく扉を開けた。

「…中に入ってもよろしいですか？」

「…はい」

丸一日以上、何も口にしていないクリスティーンのげっそりした姿を見て、エイミスが眉を顰《ひそ》めた。

「お茶だけでも飲んでください」

「…はい」

食欲はなかったが、喉が渇いていたのでクリスティーンは素直にエイミスが持ってきたお茶を飲んだ。

「…優しい香り…」

「今日のお茶はディンブラにしました」

「おいしい…」

優しい味わいのディンブラにクリスティーンの気持ちがほんの少しだけほぐれた。

「…少し、お話ししてもよろしいでしょうか？」

「エイミスさん…」

我がままを言ってエイミスやジェーンを困らせているという自覚はあったが、それでもどうにも自分自身を持て余していたクリスティーンは、自己嫌悪で俯いた。

そんなクリスティーンを見つめて、エイミスは優しく微笑んだ。

「若い方は感情の振り幅が大きいので、嬉しいことも悲しいことも、我々の何倍にも感じるんだと思います」

「…感情の振り幅…」

「嬉しい時はいいですが、悲しい時はお辛いだろうなと思う時があります」

「…」

エイミスが何を言おうとしているのかわからず、クリスティーンは黙って話を聞いていた。

「幼かったエドワード様が、御両親のことで胸を痛めているのを見ていた時もそれはお可哀そうな様子でした」

「…」

堂々たる美丈夫に成長した今のエドワードからは想像できないが、不仲な両親に胸を痛める男の子の姿を想像して、クリスティーンも少し悲しい気持ちになった。

「けれど、エドワード様はその悲しみを軽々と乗り越えられました」

「…」

「全てクリスティーン様のおかげですよ」

「…え!?」

エイミスの思いがけない言葉に、クリスティーンは心底びっくりした。

「エドワード様がラブレス様のお宅に避暑に伺った時のことを覚えてらっしゃいますか?」

「ええ、ほんの少しですけど」

「クリスティーン様はまだ小さかったので、記憶があいまいでも仕方ありません。あの時、私もエドワード様をお迎えに行ったんです」

「エイミスさんも!」

「はい」

驚いて目を丸くするクリスティーンを見つめて、エイミスがにっこりと笑った。

「昔から聡明な方でしたが、あの頃のエドワード様は、そうですね…諸刃《もろは》の剣《つるぎ》のようなところがありました」

「諸刃の剣?」

「言葉の刃《やいば》で人を傷つけ、自分も傷つく…。元々は穏やかな方なのですが、やはり御両親のことで荒れていたんでしょう」

「…そんなことが…」

まだ小さかったクリスティーンにとってエドワードはいつも優しそうなおにいちゃまだったが、大人だったエイミスの記憶の中のエドワードはそうではなかったのだろう。

「けれど、迎えに行ったエドワード様が、明るく笑ってとても楽しそうにしてらしたので
びっくりしました」

「え…」

「小さなクリスティーン様がいつも後を追ってらして、かいがいしく面倒を見ているのが
楽しくて仕方ない様子でした」

「…私…?」

「そうです」

エイミスは真面目な顔でクリスティーンに向き直った。

「でも、私は小さくて…」

「エドワード様は何もおっしゃいませんでしたが、無心で慕ってくるクリスティーン様を
とても愛おしいと感じてらしたようです」

「エイミスさん」

クリスティーンは何か大切なことを聞いたような気がして、居住まいを正した。

「エドワード様がクリスティーン様に何も言わずに長旅に出られたことは事実ですが、決
してクリスティーン様のことをないがしろにして、そうしたわけではないと思います」

「…」

「きっと何か考えがあってのことだと思うので、どうか気持ちを強く持って帰りを待って

あげていただけませんか？」

エイミスの誠実な言葉を聞いて、クリスティーンはとても申し訳ない気持ちになった。

あんな風に愛し合った後、何も言わずに遠くへ行ってしまったということは、正直、エドワードに愛想を尽かされてしまったのではないかと思っている。

けれど、エドワードの本心もわからない状況で、一人で悲劇の主人公のように泣いている自分が、ひどく子供っぽく、我がままなような気がしてきた。

こうして周囲の人たちに守られて、何不自由なく過ごしているというのに、自分の感情のままに食事もとらず、部屋に閉じこもって、ジェーンやエイミスを困らせている自分が恥ずかしくなった。

「…ごめんなさい、エイミスさん…ありがとう」

「夕食は食べていただけますね？　ジェーンが心配でおかしくなりそうですから」

「…はい、はい…もちろん…ジェーンにも謝らなくっちゃ…」

「いいえ。謝っていただく必要は一切ありません」

「でも…」

「ジェーンも私も…そして多分、エドワード様も、クリスティーン様が元気で笑っていてくだされればそれでいいんです」

「…」

クリスティーンは自分が想像しているよりも、たくさんの愛に囲まれていた。

（お父様…私、孤独ではないのね）

血のつながりはないが、間違いなく『家族』と呼べる人たちに囲まれて、自分は恵まれていると思った。

（ちゃんとお話ししよう）

エドワードに本心を聞かなくてはいけないと思った。

（私はエドワード様が好き）

たとえ、エドワードに愛されていなかったとしても、自分がエドワードを愛しているという事実は変えようがない。

「エイミスさん、心配かけてごめんなさい。私元気になります。元気になってご飯も食べて、エドワード様のお帰りを待ちます」

「厨房に伝えてきます、きっとコックが腕によりをかけて美味しい料理を作ってくれるはずです」

忠告を素直に受け止め、反省できるクリスティーンを見て、エイミスはますます、自分の主人とこの少女の未来を応援したい気持ちでいっぱいになった。

「クリスティーンっ！　クリスティーンっ！」

昨日、エイミスに諭《さと》されてしっかり食事をとり、元気になるために早く寝たクリスティーンは、朝早くから大好きな人の声で目を覚ました。

「エドワード様っ!?」

「クリスティーンっ！」

クリスティーンが跳び起きると同時に、大きな音を立ててドアが開いた。

そこには、旅支度も解かないままのエドワードが、血相を変えて立っていた。

「あ、お、おかえりなさい…」

「…クリスティーン…」

エドワードはクリスティーンを認めると、安堵の息をつき、そのままベッドに走り寄ってクリスティーンを抱きしめた。

「よかった…クリスティーン…」

「え、エドワード様？」

「レオノラから連絡をもらったんだ」

レオノラ様から？　と思ったところで、クリスティーンはハッと気がついた。

「結婚式の招待状を持って行こうとしたら、クリスティーンが体調を崩しているといって断られたと言うじゃないか。君がレオノラの訪問を断るなんて、よっぽどのことだと思って、急いで仕事を切り上げて帰ってきたんだ」

「エドワード様…」

あの時は、エドワードが何も言わずに旅立ってしまったことがショックで、食事も喉を通らず、人に会う気力もなかったのだ。

よく考えれば、レオノラの訪問を断るなど、自分は本当に周りが見えなくなっていたんだと、改めて自分の愚かさに気づいてクリスティーンは自己嫌悪した。

「ごめんなさい…レオノラ様に謝らなくては…」

「…君に何かあったらと思ったら寒気がした…」

「…ごめんなさい、エドワード様、ごめんなさい…」

本当に心配して急いで帰ってきたらしく、エドワードの髪が乱れていた。

旅先でそんなに心配させてしまったことが申し訳なくてクリスティーンは何度も頭を下げた。

「大したことないならいいんだよ…僕も、君に謝らなくてはいけないことがある」

「…」

何も言わずにアメリカに行ってしまったことを謝ってくれると言うのだろうか？　クリスティーンはそう思った。

エドワードは真摯な顔でクリスティーンに向き直る。

「僕は後見人失格だと思う」

「エドワード様…」

想像していたのとは違う言葉を聞いて、クリスティーンは驚いた。

「これまでも十分、後見人としてはいきすぎている自覚はあったけれど、ドレスを着た君があまりにも魅力的で、どうしても自分のものにしたくなってしまった」

「…それは」

「初めての舞踏会に行く前だというのに、大人げないことをしてしまって本当に申し訳なかったと思う」

クリスティーンはエドワードの言葉にショックを受けた。

（エドワード様は私と結ばれたことを後悔しているの？）

頭を殴られたようなショックだった。

「初めて君に触れた時もそうだ」

エドワードが自嘲するように続けた。

「妹のように思っていた君があまりにも魅力的になっていて、仕事を終えて、ほんの少し顔を見るだけのつもりで君の寝室に行ったのに、どうしても君に触れたいという気持ちを抑えることができなかった」

「エドワード様」

「君が逆らうことができない立場とわかっていて、その身体に触れるのはとても卑怯なことだったと思っているよ」

「…そんなこと」

「その上、君に自分の中のいやらしい欲望をぶつけるように抱いてしまって…」

「わ…私は…！」

クリスティーンは思わずエドワードの独白を遮った。

「…ごめん…」

エドワードは悲しそうな声でそう言った。

「…いや、僕は少し、君から距離を置いた方がいいのかもしれないと思ったんだ…」

静かにそう言ったエドワードの顔があまりにも悲しそうで、クリスティーンは自分まで悲しい気持ちになるような気がした。

「君の前だと、僕は冷静でいられない」

エドワードは自嘲気味に笑った。

「後見人として、僕は君の家族であるべきだと思ったんだ。だから君の身体に触れないと決めていた。そう決めていたはずなのに、ふとしたはずみで、何かの箍《たが》が外れてしまうんだ…こんなのはいつもの僕じゃない。このままじゃいつかきっと君を傷つけてしまう」

「そんなこと…！」

このままだと、やっと少し近づいたと思ったエドワードの心が、また離れていってしまいそうで、クリスティーンは必死でエドワードの言葉を遮った。

「いいんです、私はいいんです」

「クリスティーン？」

クリスティーンは大きく息を吸った。

「エドワード様にならなら何をされてもいいんですっ！」

決定的な一言をきちんと言うことができて、クリスティーンは満足した。

しかし、エドワードはそうではないらしく、戸惑ったような顔でクリスティーンの言葉を遮った。

「一時の感情でそんなことを言ってはいけないよ、クリスティーン」

「エドワード様…」

「この前の夜だって…自分でも驚くくらい色んなことが我慢できなくなってしまった。怖がって泣いている君を見て僕は自分自身が怖くなった…」

いつもは貴族の中の貴族のような優美で素敵なエドワードが、まるで思春期の青年のように逡巡しながら言葉を選んでいる。

エドワードが何も言わずにアメリカに旅立ってしまった本当の理由を、クリスティーンは本能的に理解した。

（エドワード様は私のために…私を傷つけまいとして、何も言わずに旅立たれてしまったんだわ…）

おそらく、エドワード自身も色々悩み考えていたのだろう。

後見人と被後見人として、家族であろうと努力していたのに、結局、クリスティーンと身体の関係を持ってしまった。

誇り高いエドワードが、自分で決めた『家族であろう』という禁を解いてしまった時、どう思ったのだろうと想像する。

ロンドンで一、二を争う大貴族として暮らしてきたエドワードは、一体、どんな気持ちで被後見人である自分のことを抱きしめたのだろうか？

（きっと私にはわからない葛藤があったに違いないわ）

クリスティーンは幼いところはあったが、聡明な女性でもある。

ましてや、エドワードと出会ったことで、様々な経験を経て大人の女性として着実に成長している。

確かに、馬車での出来事やその後の色々なことの中には、少し強引で怖いと思ってしまうこともあったけれど、嫌だとか、傷つくとか、そんな気持ちになったことは一度もなかった。

むしろ、知らなかったエドワードの一面を垣間見れたような気がして、ほんの少し嬉しい気持ちがあったくらいだった。

（だって…エドワード様にされたことですもの…）

今だってそうだった、たくさんの女性たちの憧れの的であるエドワードが自分のために、悩み、苦しみ、その切ない心情を語ってくれている。

クリスティーンにとって、それは何よりも嬉しいことだった。

「エドワード様、一時の感情なんかじゃありません。私は…私は本当に嬉しいんです」

「でもあんなに泣いて…」

「泣いていたのは…嬉しかったからです」

「え…？」

「エドワード様が触れてくれて…エドワード様に抱いてもらえて…そのことが、私はとても、とても嬉しいんです」

クリスティーンはいつも慰め、守ってくれたエドワードに少しでもお返しがしたいと思っていた。

華奢な腕を伸ばして、エドワードを包み込むようにして抱きしめる。

「エドワード様なら…いいんです」

エドワードが眩しいものを見るような顔で、クリスティーンを見つめた。

自然に二人の口唇が重なっていく。

それはおにいちゃまと小さな妹だった二人が、初めて一人の大人としてお互いを見つめ合った瞬間だった。


とるものもとりあえず帰国して、真っ先に自宅に帰ってきたエドワードは、クリスティーンとの誤解が解けると、急いで会社に向かっていった。

遊びに行っていたわけではないので、会社に持ちかえって検討しなければならない事案をたくさん抱えていたからだ。

そんな忙しい状況だというのに、真っ先に自分のことを心配してくれたエドワードの優しさがクリスティーンは嬉しかった。

そして、日も暮れてすっかり夜になり、ようやく仕事を終えたエドワードが帰宅した。

「ただいまクリスティーン」

「おかえりなさいエドワード様」

抱きしめられた広い胸の感触にうっとりする。

「長旅の後のお仕事で、お疲れじゃないですか？」

「少しきつかったけど、君の顔を見たら元気がでたよ」

美しい、素敵だと言われるのもとても嬉しいことではあったが、顔を見ると元気になるという言葉に、クリスティーンはかけがえのない喜びを感じた。

「みんなから少し聞いたよ、すっかりクリスに淋しい思いをさせてしまったんだね」

「そんなこと…」

「またジェーンに怒られてしまう」

「そんな…」

「アメリカに連絡をくれたレオノラにも感謝しなくちゃいけないな」

エドワードが白い歯を見せて破顔した。

そう言って笑うエドワードを見るだけで、クリスティーンは嬉しい気持ちになった。

つい昨日まで、エドワードに置き去りにされたと思って、ふさぎこんでいたのが嘘のような自分の感情に戸惑ってしまうくらいだ。

「そうそう、クリスにお土産があるんだ」

「え？」

エドワードが鞄から小さな箱を取り出した。

箱の中には可愛らしい天使のモチーフのカメオネックレスが入っていた。

「素敵…」

「仕事で行ったというのに、色んなところに案内されてね。お店をのぞくと、ついあれもこれも君に似合うんじゃないかって、そんなことばかり考えて、思わず買ってしまった。つけてあげる、こっちにきて、後ろを向いて」

旅先で自分のことを思い出してくれたと聞くだけで、クリスティーンの胸はいっぱいになる。

言われた通り近寄って後ろを向くと、エドワードはネックレスの具合を確かめながらチェーンの留め金を留めた。

ふっくらとした頰の天使が頰づえをついている小さなカメオは、クリスティーンの胸の真ん中で愛らしく揺れている。

「ほら、鏡を見て」

「可愛い…」

「気にいってくれたかな？」

「はい、とっても素敵です」

「よかった」

エドワードは端正な顔に、気まずそうな悔恨の微笑みを浮かべた。

「アメリカに旅立つ前、君を泣かせてしまったことがずっと気になっていてね…」

クリスティーン同様、エドワードも離れている間ずっと心を痛めていたのだ。

仕事をしている時は忘れていられたが、少しでも仕事を離れるとクリスティーンを傷つけてしまったのだろうか？　という疑問をずっと抱えたまま日々を過ごしていたのだと言う。

「僕は少し、ナーバスになっていたみたいだ」

そう言うエドワードはもういつもの優しい王子様のような佇まいに戻っていた。

帰国直後の思春期の青年のような不安そうな顔が嘘のように、動作の隅々、指先に至るまで優雅な雰囲気を醸し出すエドワードの様子に、クリスティーンはうっとりとした。

「お詫びのしるしにプレゼントを受け取ってくれる？」

「は、はい、ありがとうございます…大切に使います」

きっとこの先、この仲直りのカメオネックレスを見るたび胸が甘く疼《うず》くのだろうな、とクリスティーンは思った。

鏡越しにジッとクリスティーンを見つめていたエドワードが我慢できないという体でクリスティーンを抱きしめた。

「クリスティーン…僕がいなくてさびしかったかい？」

「ええ…ええ、とても…とてもさびしかった…」

「可愛いクリスティーン」

エドワードの手がクリスティーンの胸を包み込むようにして触れてきた。

布越しに優しく触れられただけで、自然に乳首が敏感になって屹立してくる。

「あぁ…」

エドワードの器用な指が、シャツのボタンを一つ、また一つゆっくりと外していく。

白い果実のような胸が弾力をもって、プルンと現れた。

エドワードの手が直に胸を掴んだ。

「あぁ…」

胸を揉みしだかれ、クリスティーンはうっとりとした。

エドワードの指先がクリスティーンの乳首をいたぶる。

「…ぃ…」

足の間がジュン…と潤ってくるのがわかった。

少しでも触られると、もうそこがすぐに潤ってきてしまう。

「どうしたの？」

「恥ずかしい…」

「感じてしまった？」

「…」

エドワードはクスッと笑った。

「恥ずかしがることなんかないんだよ。感じさせたくて、触ってるんだから」

「…」

エドワードの指先が一層クリクリと乳首をひねりあげた。

「…はっ…あっ…」

触られているのは乳首なのに、足の間が淋しいようなもどかしいような感覚がこみ上げてきて、クリスティーンは身体をよじらせた。

エドワードと触れ合うようになってから、クリスティーンの身体はすっかり敏感になってしまったからだ。

さんざん胸を揉みしだくと、エドワードはクリスティーンの身体をなぞるように撫で始めた。

ドレスを脱がすわけでもなく、太腿からくびれた胴、また胸と行ったり来たりするのだが、一番熱く息づいている肝心の場所には触れてくれず、それがどうにももどかしい快感になって、クリスティーンの膝ががくがくと震えた。

スカートをたくし上げられると、慎ましいレースのドロワースが見えた。

「下着は脱いでしまおうか？」

爽やかな顔をして、さらりとすごいことを言うエドワードに驚いているうちに、ドロワースを脱がされる。

ほっそりと美しい脚線美とともに、クリスティーンの下半身がすっかり無防備になると、エドワードの指がそっとクリスティーンの淡い叢に触れた。

草原が風に揺れるように、叢で戯れるだけで、いつまでもその奥に指先を伸ばしてくれない。

あまりのもどかしさにクリスティーンの瞳まで潤ってきた。

「クリス、感じてるね？」

「エドワード…」

「どうしてほしいの？」

「え…」

「言って」

キュッと瞳を閉じて、口唇を噛みしめる。

「…いじわる…」

「そうだよ、僕はとてもいじわるなんだ」

開き直ったエドワードの甘い甘い意地悪に、クリスティーンは観念した。

「お願い…触って…」

自分で言っていて、頬がカッと熱くなる。

「…うーん、まだちょっと足りないけど、まあ仕方ないか」

いつもはとても慎ましいクリスティーンだが、エドワードとこういうことをしていると、そんな大胆なことをしている状況自体に感じてしまって、ますます足の間が熱くなってきてしまう。

エドワードの指先が叢を通り過ぎて、その奥にある熱い泉にそっと触れた。

「すっかり濡れている」

「いや…言わないで…」

「ほら、蜜が溢れてるよ。ここはもう僕が欲しくて仕方ないみたいだね」

「恥ずかしい…」

ちゅぷ…と指が泉に沈んだ。

「はっ…！」

「中はとても熱い」

「…あ…あ」

チュプ、チュプ、と指先が抽挿を繰り返す。

第一関節が入る程度の深さで優しく抜き差しされると、クリスティーンの身体の奥がキュウッっと締まるような快感が走る。

「指先を締めつけてくるよ」

「…はぁん…」

「しばらくしてないから、すっかり狭くなっちゃってる。ゆっくり慣らしてからにしようね」

とても優しく紳士的な物言いだが、エドワードはこういう時、とても大胆なことを言うので、クリスティーンは返答に困ってしまう。

実はそんな風に、顔を真っ赤にして恥じらうクリスティーンが見たくて、わざとそういうことを言っているのだ、ということはまだ幼いクリスティーンには想像もつかないことだ。

そのうちに、指が奥まで挿入されるとクイッと中で指先が曲がった。

「あ、あ、あ、あ」

ビクビクッと震えるような快感が身体を貫いた。

「あぁ、ごめんごめん、ここはとっても感じるところだったね」

「あぁぁ…あぁぁ…」

口では謝っているのに、エドワードの指先はそこに触れるのをやめてはくれない。

「あぁ…いぃ…ひぃ…」

クリスティーンは感じすぎて、何も考えられなくなってエドワードにしがみついた。

「あ…あ…だ、誰かが…」

「もう誰もこないよ」

「でも…あ、あ、だめぇ…あっ…！」

クチュクチュと中を掻きまわすように刺激されて、クリスティーンは軽い絶頂に達した。

「もういってしまった？　少し早いね」

「ぁ、ぁ、ぁ…」

ビクッ、ビクッと打ち上げられた魚のようにクリスティーンの身体が痙攣している。

「そんなにしたかったの　なんだか、いつもよりとても敏感な気がする」

「そんな…」

エドワードがわざといじわるを言っているのはわかったが、それでも恥ずかしくてクリスティーンは身をよじらせた。

「もうひとつお土産があるんだ」

「え？」

「もっと時間がたってからお願いしようと思ってたんだけど…」

そう言うと、エドワードは鞄の中からきちんと包まれたプレゼントを取りだした。

「とてもセンスのいいデザイナーと職人がいるブティックで買ってきたんだ。これを着て見せてくれない？」


「エドワード様…これ…」

「…思った通りだ。本当に素敵だ。君のために作られたようによく似合う」

「……！」

エドワードからのもうひとつのプレゼントは、レースとフリルがふんだんに使われたビスチェをメインにした下着のフルセットとハイヒールだった。

極端に布地を小さくしたドロワースはクリスティーンの小さなお尻にとてもよくフィットして、ビスチェとお揃いのレースをあしらったガーターベルトに留められたストッキングが、白い肌によく映えている。

ハイヒールを履いたすらりとした足と、ビスチェによってこんもりと盛り上がった形のいい乳房が、いつもは清純そうなクリスティーンを小悪魔のように蠱惑《こわく》的に見せていた。

コスチュームとは面白いもので、そういう恰好をしているとクリスティーン自身も何か、いつもの自分とは違った自分になったような気持ちになっていた。

愛しいエドワードの自分を見つめる視線に中に、獣のような欲望を見出し、そのことに興奮している自分を自覚していた。

「エドワード…」

「椅子に座って、大きく足を開いて」

まだ少し恥ずかしいという気持ちは残っていたが、エドワードの言う通りのポーズをとる。そんな自分はどんなふうに見えているのだろう？　そう考えただけで少し身体が熱くなる。

椅子に座ったクリスティーンの前にエドワードがひざまずいた。

「僕のお姫さまはとてもセクシーだ」

そのまま深い口づけを交わす。

口づけをしたまま、エドワードの手はクリスティーンの胸を揉みしだいた。

豪華なレースでかろうじて隠されていたピンク色の乳首が顔を出す。

「んっ、ふ…ん…」

小さな口唇をこじ開けるかのような激しいキスに、唾液《だえき》が口の脇から少し溢れる。

舌を絡ませる潤いのある音が聞こえて、そんな音を聞くだけでも興奮するのだということをクリスティーンは身をもって知った。

エドワードの余っている方の手が、クリスティーンの足のラインをなぞるように触れている。

足首から太腿までそっとなぞると、また膝まで戻り、それからふくらはぎをそっと撫でたかと思うと、太腿に触れるか触れないかといった微妙なタッチで刺激してくる。

ただ足を触られているだけなのに、足と足の真ん中が熱くもどかしい気持ちになってくる。

「お願い…もう」

「まだだよ、もっと君とキスしていたい」

気持ちよくて気持ちよくてもどかしい身体を持て余して、クリスティーンは身をよじらせた。

エドワードはまだ深く舌を絡めたキスを続けている。

「んん…んん…んふぅ…」

「…あ…」

キスだけで濡れてしまうのはいつものことだったが、キスだけでこんなにもエドワードが欲しくなってしまうのは初めてだった。

エドワードの指がドロワースの割れ目から忍び込んで、そっとクリスティーンの足の付け根に触れる。

「はぁ…！」

クチュクチュという湿った音がする。

「クリスティーン？　自分でわかる？　ここがもうこんなに…ぐちゅぐちゅに濡れているよ」

「あぁ…あぁ…エドワード…あぁぁ」

やっと与えられたそこへの愛撫にクリスティーンは恍惚《こうこつ》となっていた。

恥ずかしいという気持ちがないわけではなかったが、それよりも快感を求める気持ちの方が強かった。

「あっ！」

エドワードの指が快感の源である小さな芽に辿り着いた。

「あぁ…ひぃ…」

指先で下から上へと擦りあげられて、腰が浮くほどの快感がクリスティーンを貫いた。

「もう…もう、お願いお願いエドワード」

「クリスはせっかちだな」

エドワードはクリスティーンの快楽の源をいたぶりながら、クリスティーンの乳首に口唇を寄せると、そこを甘噛みした。

「…ひっ…！」

足の間から電流が走るような快感に、クリスティーンはビクビクッと痙攣した。

エドワードは先ほどのキスの要領で、ずっとクリスティーンのピンク色をした小さな乳首を舌先で愛撫している。

空いている方の乳房は、時に強く、時に優しく緩急をつけて揉みしだかれ、その間に与えられる乳首と小さな芽への断続的な愛撫に、クリスティーンはもう普通に座っていられないほどの快感を味わっていた。

「はぁ…あぁ…あ…ぁ…だめぇ…」

「何が駄目なの？　君のここは…」

そう言って、エドワードが後から後から蜜を滴《したた》らせているクリスティーンの足と足の真ん中に指を立てた。

チュッ…。

湿った音とともに、そこは待ちかねたようにエドワードの指を迎えた。

「こんなに喜んで僕の指を締めつけてくるよ」

「いやぁ…」

「かわいいよ、僕のクリスティーン」

エドワードはそのままゆっくりと指を抜き差し始めた。

クチュ、クチュという小さな音が聞こえる。

「ん…ん…あ…」

「痛くない？」

「…平気…」

「じゃあ、二本にしてみようか」

いつも指を入れられると、少し硬い感触がして痛みを感じる時もあるのだが、今日は全くそんな感じがしない。

指が二本に増やされても、痛みどころか快感しか感じない。

「あぁ…締めつけてるよ、奥の方からどんどん濡れてくる」

断続的に訪れる強すぎる快感に、クリスティーンの身体が脈打つように痙攣している。

「ねえ、君の身体がもっともっとって、僕を欲しがっているよ」

「あっ、あっ、あっ」

今なら何本でも指を受け入れてしまいそうな自分に、クリスティーンは恐怖にも似た驚きを感じていた。

今までもエドワードとの愛の営みはとても気持ちのいいものだと思っていたが、今日のそれはこれまでの快感を軽々と凌駕《りょうが》している。

「こわい…」

「ん?」

「私…おかしくなってしまう…」

熱に浮かされたようにそう呟くと、エドワードがジッとクリスティーンを見つめた。

品のいい美しい碧の瞳が、今は欲情に濡れて妖しく輝いてる。

(こんな時でも本当に素敵な人…)

快感に翻弄されているのにどこか冷静にクリスティーンはそう思った。

「なってしまえばいい」

「え?」

考え事をしていたクリスティーンは一瞬、エドワードが何を言っているのか理解できなかった。

エドワードが少しだけ身体を離す。

レースのビスチェから胸をのぞかせ、ガーターベルトで飾られた足を大きく広げ、敏感な場所全てを弄ばれているあられもない姿で息を乱しているクリスティーンをジッと見つめると、たまらないといった風情で強く抱きしめてきた。

「僕の腕の中で、快感でおかしくなってしまえばいい」

「あぁ…エドワード…」

クリスティーンは、溺《おぼ》れる人がすがりつくような執拗《しつよう》さで抱擁してくるエドワードの背に、その細い腕をそっとまわした。

「エドワード…おかしくなってしまったら…私はおそばにいることができなくなってしまいます…」

クリスティーンを抱きしめる腕に力がこもった。

「そんなことは許さない。僕から離れることは絶対に許さないよ、クリスティーン。僕はもう君を他の誰にも渡すつもりはないんだ」

そう言うとエドワードはクリスティーンを抱く腕に、一層の力をこめた。

誰にも渡さないと言われながら強く抱きしめられて、クリスティーンはこれまでにない気持ちを味わっていた。

自分から離れることは絶対に許さない、エドワードは確かに今そう言った。

(ずっとおそばにいていいのですね…)

たとえ一度も『愛している』と言われなくても、たとえ後見人と被後見人のままの関係であったとしても、自分はこんなにもエドワードに欲されている…それだけでクリスティーンの気持ちは舞い上がった。

(でも…)

(本当は…本当は恋人同士になりたい)

エドワードと心も身体も惹かれあうようになってから、ずっと心の奥に秘めていた望みだった。

(でもそれは…かなわないことなのかしら…)

ドロワースを脱がされ、ビスチェとガーターベルトだけになったクリスティーンのとろとろに蕩けたそこに、ようやくエドワードの猛り立った楔《くさび》が打ちつけられた。

「はぅ…!」

待ち望んだ圧倒的な質感が、クリスティーンの奥深くまで入り込んでくる。

「クリスティーン…いいよ、とてもいい」

「あっ…あ…大きい…あっ、あっ…も、だめっ!　あっ!　あぁぁぁ…」

エドワードが入ってきただけで、クリスティーンは絶頂に達してしまった。

エドワードはピクン、ピクンと震える華奢な身体をそっと抱きしめて落ち着くまでじっとしていた。

クリスティーンの奥深くに埋没したエドワード自身は相変わらず、たくましく屹立したまま全く勢いを失っていない。

クリスティーンが落ち着いたのを見計らうと、つながった身体を離して立ち上がらせた。

「…？」

エドワードが何をさせたいのかわからないクリスティーンはジッと見つめた。

「クリス、後ろを向いて、机の上に両手をついて」

言われたまま、机に手をつくと、桃のような可愛らしいクリスティーンのお尻が丸見えになる。

「素敵な眺めだ」

「や…恥ずかしい…」

「もっと、お尻を突きだして。そうしないと、君の中にうまく入れないよ」

「え…」

早くエドワードを受け入れたい…その一心でクリスティーンはお尻を突き出すような姿勢をとった。

「ああ、足を開いてくれないと、君のそこは小さすぎて入らないよ」

「…」

そうなのか、と思って、お尻を突き出したまま大きく足を開いた。

濡れた部分が空気に触れるスースーとした感触がして、下半身にもどかしい快感が広がった。

「君の恥ずかしい場所が丸見えだよ、クリスティーン」

「…やっ！」

そこまでして、やっとエドワードに意地悪をされていたことに気づき、慌てて足を閉じようとしたが、お尻のほっぺたをしっかりと固定されてしまって身動きがとれなくなっていた。

「やぁ…エドワード…」

「びっしょりとピンク色に光ってるよ」

「やめて…恥ずかしい…」

「恥ずかしいって言いながら、後から後から濡れてくるのはなぜかな？」

クリスティーンはイヤイヤとかぶりをふったが、エドワードに恥ずかしい場所を見られて、恥ずかしい言葉を言われると、身体がカッと熱くなってしまう。

奥の方からじんわりと熱いものが溢れてくるのが、自分でもわかった。

「僕が欲しくて、君のあそこが涎を垂らしているみたいだ」

「言わないで…言わないで…」

「拭《ふ》くものがないから、舐めてあげる」

「や！　あ！　…許して…」

熱く潤ったそこに、温かくて柔らかいものが触れてきた。

「ひっ…あっあっあっ…だめ…だめぇ…」

チュプチュプと音を立てて、エドワードの舌がクリスティーンの足の付け根を舐めまわしている。

どこを舐められても震えるほどの快感だったが、特に小さな芽を舐めあげられると、クリスティーンの身体はビクッビクッと跳ね上がった。

「エドワード…えどわ…あぁ…だめぇ…」

立っていられないほどの快感にグズグズと膝が崩れそうになったが、お尻を掴まれているために、それもできない。

ずっと恥ずかしい姿勢のまま、あそこを舐められているクリスティーンは本当に頭がおかしくなってしまいそうだった。

「もう…もう…立っていられません…」

「じゃあ、支えてあげなくちゃいけないね」

そう言うと、エドワードの太くて熱く猛ったものが、いきなりクリスティーンを貫いた。

「……っく！」

突然与えられた快感を、クリスティーンは口唇を噛みしめて受け止めた。

くちゅっ、くちゅっという音とともに、エドワード自身が抜き差しされる。

最奥《さいおう》に突きたてられるたびに、口唇から空気が漏れるような音がしてしまう。

快感に声が出ないこともあるのだ、ということに初めて気がついた。

「クリスティーン、ちゃんと息をして」

「ふ…ふぅ…あっ…はっ！」

入れたまま、クチュッと小さな芽をいじられる。

「いっ！　あっ…ぃ…」

「つく…きつすぎるくらいだ」

「あぁ…いぃ…ひっ…」

「顔が見たいな」

そう言うと、エドワードはまた身体を離した。

そこに満ちていたエドワード自身の質感を失って、クリスティーンは呆《ほう》けたような顔でうつろにエドワードを見つめた。

「…そんな顔をして…」

「？」

口唇をうっすら開いたまま、クリスティーンがエドワードを見つめて小首をかしげた。

「僕は…君のそんな顔を他の誰にも見せたくない」

「えど…わ…」

快感にボウッとしたまま、クリスティーンは人形のようにエドワードに抱えられた。

そのまま机の上に、仰向けに押し倒される。

足を広げられると、またエドワードが中に挿《はい》ってきた。

「あぁ…」

戻ってきたエドワードの質感に、思わずクリスティーンは喜びの声をあげた。

「エドワード…エドワード…あぁ…あぁ…すごい…すごい…」

「まだまだだよ」

ぐっ、ぐっ、と何度も突き上げられて、何も考えられなくなる。

「ひぃ…」

ひと際奥まで挿入されて、クリスティーンは小さな悲鳴をあげた。

「もう駄目…もう…」

「まだ駄目だ、もっと奥まで入れたい」

「無理ぃ…いっ…あっ！　あっ！」

「っく」

クリスティーンの最奥にエドワードの先端が到達し、動きを止めた。

「苦しくない？」

「…あ、あ、あ」

「クリスティーン？」

「あ、あぁ…」

「気持ちいい？」

強すぎる快感は少し苦痛に似ている。

クリスティーンは何も言えずにただ、かぶりをふった。

「いいね？」

何が『いいね』なのかわからなかったが、無言のままエドワードがまた激しく動き出した。

「あんっ、あんっ、あぁぁ…ん」

「っく…はぁ…いいよ、すごくいい」

クリスティーンは、ただその背中にしがみついて、快感を思う存分受け止めた。

「クリス…！」

「…ひっ…！」

エドワードは深々とクリスティーンの中に楔を打ち込むと、そのままジッと動かなくなった。

クリスティーンの中のエドワードだけが、ドクン、ドクンと脈打っている。

エドワードだけではなく、クリスティーンの身体もピクッ、ピクッと断続的に痙攣していた。

身体をつなげたまま、もう一度キスをする。

深いけれど、先ほどの快楽を追った口づけとは少し違う、お互いの気持ちを伝えあうようなそんなキスだった。

エドワードは優しくクリスティーンの髪を撫で、いつまでも、頬に髪に、優しくキスを降り注いだ。

第八章

エドワードの出張が終わるのを待っていたのはクリスティーンばかりではなかった。

帰宅した翌日には、件《くだん》の舞踏会以降、何度か顔を合わせすっかり気心の知れたレオノラとヒュー・ウィリアムのカップルが結婚式の招待状を持ってポートマン邸にやってくることになった。

「クリスティーン様、今日はどのドレスになさいますか?」

「クリーム色のドレスにしようかと思って」

「あぁ、そうですね、清楚で可憐で、クリスティーン様によくお似合いです」

クリスティーンも最近ではドレスも自分で選ぶようになった。ジェーンの教育の甲斐あって、自分には何が似合うのかだんだんわかるようになってきた。

レオノラの華やかさに憧れた時もあったが、原色や金糸銀糸をあしらった豪華なドレスよりも、シンプルなものやふんわりとした布地で作られたドレスの方がクリスティーンの魅力をより引き立たせることを覚えた。

これまでも大人っぽくしたい時は黒や紺、品よくしたい時はグレーや白を着ていた。

けれど、自分をよりよく見せるという発想を持っていなかったクリスティーンにとって、ロンドンに来てから知った様々なことは、女性として目から鱗《うろこ》が落ちるようなことばかりだった。

自分だけのことを考えれば、それまでのように地味な綿のドレスでもいい。

ただ、自分を伴って出かけるエドワードに恥をかかせるわけにはいかない。そう思うと必然的にお洒落《しゃれ》というものを真剣に考えるようになる。

その結果、ここ数カ月でクリスティーンは見違えるほど垢ぬけた。

それまでも素晴らしい美少女ではあったのだが、都会的に洗練されたクリスティーンは本人は無自覚だが、街ですれ違う人が必ず足を止めて見とれてしまう美貌の女性になっていた。

「エドワード、クリスティーン！」

相変わらず、人のよさそうな微笑みでヒュー・ウィリアムがやってきた。

その後ろには淑女然としたレオノラが悠然と構えている。

「クリスティーン、今日もかわいいわ」

「レオノラ様こそ今日は一段とお美しいですわ」

「フフ、ありがとう」

「本当に僕のレオノラはどこにいても咲き誇る薔薇のように美しい、世界で一番素晴らしい女性だ」

「…ありがとう、ヒュー・ウィリアム」

ダイニングルームに移動して支度が整うのを待ちながら世間話をしていると、ヒュー・ウィリアムが徐《おもむろ》に結婚式の招待状を取り出した。

「招待状、受け取ってくれるよな」

「もちろんだよ、おめでとう！　ヒュー・ウィリアム、レオノラ！　結婚式にはぜひ参加させていただくよ」

「エディが嫌だって言っても是非出席してもらうつもりだよ」

二人は婚約していたので、いずれは結婚すると思っていたが、こんなに早いとは思っていなかったクリスティーンはうらやましい気持ちでそのやり取りを聞いていた。

自分にとって結婚はとても遠い、目標にすることも憚られる憧れだったが、ヒュー・ウィリアムとレオノラは着実に結婚への道のりを歩んでいたのだ、と改めて思い知った。

「おめでとうございます、レオノラ様」

「どうもありがとう、クリスティーン、お式にはあなたも出席してね」

「私でよければ、是非」

「もちろんよ、披露宴にエディを一人で出席させるわけにはいかないもの」

披露宴とは結婚式の後、新婚旅行に出かけるカップルを見送りにきた面々と食事をするパーティーのことだが、そこに招待される人は大抵パートナーを連れてくることが慣例になっている。

パートナーがいないのは新郎新婦にゆかりのある子供か、伴侶に先立たれた年寄りぐらいのものだろう。

「え…」

エドワードのパートナーとして招待されると聞いて、クリスティーンの顔が少し曇った。

「僕は嬉しいんだ。僕らの結婚式に、君とエドワードの二人が出席してくれることが本当に嬉しい」

「え、ええ…」

クリスティーンは言葉に詰まった。

帰国してからエドワードとの関係はとてもうまくいっていると思うのだが、相変わらず『愛している』という言葉を言われていないことが、クリスティーンの心を少し暗くさせていた。

結婚式に招待されるパートナーといえば、伴侶か婚約者といった正式な関係ということになる。

「エドワード様のパートナー…ですか」

（今のままでは、到底正式なパートナーとは言えないわ…）

内なる想いが顔に出てしまったクリスティーンを見て、レオノラが怪訝そうな顔をした。

レオノラに微妙なニュアンスをどう説明しようか、言い淀んでいると、エドワードがこう言った。

「正式なパートナーとして出席するかしないかは、クリスティーンの気持ちも考えなくてはいけない」

少し強めの語気でそこまで言うとそのまま黙り込んでしまった。

「そうだね、そういうことは確かに本人の気持ちが大切だ」

ヒュー・ウィリアムがいつもの穏やかな笑顔でそう言うと、なんとなくその会話は流れた。

その後はレオノラとヒュー・ウィリアムの新婚旅行の行き先や、新居、その他もろもろの話になって、また食卓に和やかな雰囲気が流れた。

しかし、先ほどの会話で一瞬、不穏な空気が流れたことは誰の目にも明らかだったらしく、食後になると男性二人はお酒を飲むと言ってスモーキングルームに消えて行った。

「さて、と」

二人きりになると、レオノラはジッとクリスティーンの目を正面から見つめた。

「二人は好きあっているんでしょ？」

「えっ!?　いや、あの、えっ？」

「言いたくないなら、それでもいいけど。じゃあ言い方を変えましょうか。あなたはエドワードと付き合っているんでしょう？」

「…」

「…まさかとは思うけど、『愛してる』って言われたことがないからわからない、とか言わないわよね」

「……」

「いいこと、クリスティーン。慎み深いあなたには少し恥ずかしいかもしれないけれど、あなたからエドワードに愛を伝えなければ、エドワードからは言い出さないと思うわ」

「えっ…？」

「ずっと好きだった少女を、お金の力で強引に自分の元に呼び寄せたエドワードの方が、心の闇が深いはずだわ」

「そんな、だって…」

「彼は愛に対してとても臆病《おくびょう》なのよ」

「あ…」

エドワードが少し淋しそうに話してくれた両親の話を思い出した。

女神のような微笑を浮かべてレオノラがクリスティーンの手を取った。

「できるかしら？」

「…がんばります」

その返事を聞いて、レオノラはクリスティーンを力づけるように抱きしめた。


今まで世間知らずすぎたので、やっと人並みのレベルに追いついただけかもしれないけれど、それでも何もしないで安穏としていた自分よりは少しは成長したのではないかしら、と思っている。

（お父様…）

久しぶりに亡くなった父に心の中で話しかける。

（私、勇気を持って告白してみようと思います）

クリスティーンはエドワードにどうしたら上手に自分の心情をうまく伝えられるか、可愛らしく頭を悩ませ始めた。


レオノラとヒュー・ウィリアムが帰ってからもエドワードは一人、グラスをかたむけていた。

飲んでも、飲んでも、酔いは一向に訪れてくれない。

(正式なパートナーとして出席するかしないかは、クリスティーンの気持ちも考えなくてはいけない…か)

咄嗟に出てきたにしては、なかなかいい台詞だったとエドワードは思った。

本当はクリスティーンが自分をどう思っているのか、自信がなかったのだ。

常に勝者の風格を漂わせる大貴族、エドワード・ヘンリー・ポートマンもクリスティーンのことになると、客観的な思考を持つことが難しくなってしまうらしい。

愛しくて愛しくて、傍において、その初めての花を散らした。

そのことに一切後悔もないし、クリスティーンに対する気持ちも今ではははっきりと自覚しているエドワードだったが、当のクリスティーンが本当はどう考えているのか、どうしてもわからないでいる。

また、少し幼いところのあるクリスティーンに、『正式なパートナー』であることを求めるのは性急なのではないかという気持ちもある。

様子を見る限り、クリスティーンも自分を好きでいてくれていると思うのだが、昔の記憶も今一つ曖昧だったクリスティーンを攫《さら》うようにしてロンドンに連れてきて、そのまま自分のものにしてしまった年長のエドワードのことをクリスティーンが本当はどういう目で見ているのかと考えると、柄にもなく不安になる。

考えれば考えるほど、自分にとって有利な事柄が一切ないからだ。

大きなため息が出る。

レオノラの結婚式までには、クリスティーンの気持ちを確認しなければならないと思った。

「…まいったなあ」

エドワードをこんな気持ちにさせた女性は、後にも先にもクリスティーンただ一人だった。


次の日の夜。

夕食を済ませ、入浴し、身支度を済ませたクリスティーンは大きく深呼吸する。

今日は生まれて初めて、男性に愛を告白するという大変なミッションを遂行しようとしているのだ。

いつも通り、会社での仕事を終えて邸《やかた》に戻ったエドワードは自室にこもっていた。

緊張で、今から喉がからからに渇いている。

愛を告白したらエドワードはどんな顔をするだろうか？

優しく抱きしめてくれるだろうか？

もしかして、戸惑って黙り込んでしまったらどうしたらいいだろう？

「クリスティーン様？」

「あら、ジェーン」

クリスティーンがシミュレーションしながら廊下で百面相をしていると、ジェーンがやってきた。

「クリスティーン様が何か思いつめた顔をしてらしたので、少し気になって…」

「それはマルドワイン？」

ジェーンが持っているトレイには、温かそうな湯気を立てたマグが載っていた。

「ええ、オレンジとお砂糖で甘く煮詰めてありますから、とても美味しいですよ。さ、召し上がれ」

大きめのマグにスライスオレンジを浮かべた赤ワインのような飲み物を渡される。

こくり、と一口飲むと口の中にスパイスと柑橘《かんきつ》系の豊醇《ほうじゅん》な香りが広がった。

「…おいしい」

「そうでしょう？　これで温まって、ゆっくりお休みになれば、明日の朝には悩み事なんてすっかり忘れてしまいますよ」

「ありがとうジェーン」

悩み事とは少し違うのだが、確かに身体が少しぽかぽかとしてやる気が満ちてきた。

いざ、エドワードの部屋に行こうと思った時、クリスティーンはちょっとしたことを閃《ひらめ》いた。

(我ながらいいアイディアだわ)

いそいそと支度を済ませ、エドワードの部屋に向かう。

扉の隙間《すきま》から明かりが漏れているので、エドワードはまだ仕事をしているのかもしれない。

扉をノックする。

「誰?」

「クリスティーンです」

程なくして、エドワードが扉を開けてくれた。

ナイトウェアの上にガウンをはおった彼を見て、こんな時間でもエドワードはいつも素敵なのだと少しうっとりとした。

「遅くにどうしたの?」

「お仕事中?」

「もう終わりにしようと思ってたところだからいいんだ。それより、そんな薄着じゃ寒いだろうから早く中に入りなさい」

「え？　あ、はい」

マルドワインのおかげで、あまり寒さは感じていなかったが、クリスティーンはシルクのナイトガウン姿だった。

どうやら温かいワインは想像以上に速いペースでクリスティーンを酔わせているらしい。

「頬が赤いね。熱でもあるのかな…」

エドワードが心配そうな顔で、そっとクリスティーンの頬に触れた。

たったそれだけで、クリスティーンはピクッと反応した。

「クリス？」

「エドワード様っ！　おはっ…お話があります！」

いつもは会話の流れを壊さぬように、とても控えめにお喋りをするクリスティーンが、唐突に話を切り出した。

酒の力とは怖いものである。

「話があってきたのはわかるけど…クリスティーン、もしかして何かお酒飲んだ？」

「あ…さっき、ジェーンがマルドワインを持ってきてくれて…」

「…ああ、そういうこと。ワインは強いお酒だからね。でも、それなら頬が熱くても心配ないかな」

ほろ酔い加減のクリスティーンが可愛らしくて、エドワードは相好《そうごう》を崩した。

クリスティーンは家族の縁が薄いエドワードにとって、何をしても、どんな時でもとても心癒される存在だった。

その可愛らしい気遣いや、清らかな心根に触れるようになってから、自分自身もとてもいい精神状態になれたことを自覚している。

何より、愛しい人が身近にいるということで毎日が楽しくなった。

最近では仕事もとても順調で、クリスティーンはエドワードにとって幸運の女神なのではないかと思う。

またそれだけではなく、理想的なパートナーという新しい側面を見せてくれたクリスティーンが、エドワードにとって掛け替えのない存在であることは間違いない。

「で、何の話かな？」

「私と、エドワード様のことですっ」

酒の力を借りて、クリスティーンはいつもより大胆になっているようだ。

自分の気持ちを押しつけることのないクリスティーンに甘えているのは自分だと思っているエドワードは嫌な予感がした。

常々エドワードは、突然後見人になって静かな田舎からロンドンに攫うようにクリスティーンを連れてきてしまったことを気にしていた。

元々、エドワードは猜疑《さいぎ》心《しん》が強く、そうそう人を信じない性格の人間だ。

優しいクリスティーンは口に出さないけれど、内心では静かな暮らしを破った自分のことを恨んでいるのではないか？　そんなことを考えてしまうのだ。

（まさか田舎に帰りたいとか…）

今更、クリスティーンが何を言ってきたとしても、この生活を手放すことはできない。もしそんなことを言い出したら、どんな詭弁《きべん》を弄《ろう》してでも、クリスティーンを説得しようと思った。

「クリス、僕はね…」

「好きですっ！」

「…え？」

先回りして、説得しようとした矢先に当のクリスティーンに先制攻撃を受けたエドワードは言葉を失った。

「そう、好き…えっ？」

「好きですっ！　私、エドワード様が好きなんです」

突然の愛の告白に驚いてクリスティーンの顔を見ると、酔いで頬が赤くなってはいたが、至極真剣な表情をしている。

「それは…」

「私は何も持っていませんし、エドワード様がいなかったら、ここにこうしていない人間です」

「…」

「今のままじゃ私、エドワード様のおそばにいる資格もないんです…。自分なりに努力もしてきましたけど…でも…でもまだ、全然駄目なんです」

「クリス…」

そこでエドワードは悟ったのだ。

ジェーンにたまたま飲まされたマルドワインがなければ、きっとこの子はこんなことは言わない。

美しくて健気《けなげ》なのに、自己評価がとても低い可愛いクリスティーン。

「そんなことはないよ。君は今のままで十分魅力的だ。決して駄目なんかじゃない」

「そんなことありませんっ」

クリスティーンはイヤイヤとかぶりをふった。

「あぁ、そんなことをしたらますます酔ってしまうよ」

「エドワード様…私ではいけないでしょうか？」

「なんのことかわからないけれど、君でいけないことなどあるものか」

「私は…私は…」

クリスティーンが感極まって涙ぐんだ。

「エドワード様の…」

ワインの酔いが回り、思うように言葉を紡げなくてクリスティーンはじれったい気持ちになった。

そしてそんなクリスティーンの様子を見ているエドワードの胸の内には、一つの決心が定まろうとしていた。

真っ赤な顔で必死で自分に何かを伝えようとしているクリスティーンより愛しいものなどこの世になにもなかった。

長い長い間、自分の胸の内にあった暗い霧が晴れて行くのを感じた。

「私は…私は…」

黙りこくってしまったクリスティーンを愛しげに見つめて、エドワードが大きく深呼吸した。

「クリスティーン、先に僕は君にお願いしたいことがあるんだ」

必死で何か喋ろうとするクリスティーンをエドワードがそっと抱きしめ、そのまま優しくキスをした。

いつもの情熱的なキスではなく、愛を伝える柔らかなついばむようなキス。

「エドワード様…」

「愛してるよクリス、結婚しよう」

「私…ずっとおそばにいたいんです。もっともっと勉強して、素敵なレディになりますから…！」

「結婚して、僕の奥さんになってくれる？」

「…え？」

（私、今、何を聞いたのかしら…？）

待ち望んだ愛の言葉を与えられたことが信じられなくて、クリスティーンはボウッとする頭の中で、これは夢じゃないかと思った。

「エドワード様、すいません」

「ん？」

「…もう一回言っていただけますか？」

「愛してるクリスティーン。僕と結婚してください」

「…！」

返事をしなくてはいけないのに、喜びで涙が出てきてしまう。

「エドワード様…エドワード様…」

万が一玉砕することも覚悟してやってきたクリスティーンは、まさか結婚を申し込まれるとは思っていなかった。

結婚するということは、エドワードと本当の家族になれるのだ。

新しい家族ができる、そのことがどれだけクリスティーンにとって嬉しいことか、誰にもわからないだろう。

「うれ…し…っ」

「あぁ、あぁ、涙を拭いて」

「うれひぃ…です…」

ますます酒が回って、少し呂律《ろれつ》が回らなくなってきたクリスティーンをエドワードはベッドに横たえた。

「う…れしい…きょ、今日は…自分で言うって…決めてて…」

「大丈夫です？　今日は気持ち悪くなってない？」

「大丈夫です…まさか…まさかぷろぽ…されるなんて…うれ…」

ぽろぽろと涙をこぼすクリスティーンの白い肌が全体的に薄桃色に染まって、それはそれは色っぽく可愛らしい。

クリスティーンが酒に弱いことは知っていたが、気持ちよく酔うとこうなってしまうということは、もう外では絶対に酒を飲ませるわけにはいかないとエドワードは密《ひそ》かに決意していた。

「嬉しいです…エドワード様」

「僕も嬉しいよ」

「本当に嬉しい…そうだ、私、エドワード様に喜んでいただきたくて、これを着てきました！」

「ん？」

いつもは慎み深くて自分から服を脱ぐことなどしないクリスティーンがいきなりナイトガウンをバッと脱いだ。

「！」

ガウンの下は、ずっとクローゼットの中で眠っていたレースのビスチェとガーターベルト姿だった。

慎み深いはずのクリスティーンの大胆な行動に、エドワードはクスクスと笑った。

「素敵だよクリス、とてもよく似合ってるよ。ついでにもう一つ、僕のお願いを聞いてくれるかい？」

「はい、なんでしょうか？」

プロポーズの余韻とワインのせいで、すっかり気持ちがおおらかになっているクリスティーンに、エドワードは生真面目な顔で話し始めた。

「僕が今まで独身だったのは、結婚する自信がなかったからなんだ」

「…結婚する自信？」

「誰か一人と一生涯愛し合うことが結婚なら、そんな愛を与えてくれる女性なんているはずないし、自分自身もそんな愛情を持つことなんてできないって思ってた」

「…エドワード様…」

クリスティーンは酒に酔ってはいたが、エドワードが今とても大切な話をしていることがわかった。

「でもそれは少し違ったのかもしれない」

「…？」

「僕はもう、ずっと前から運命の人と出会っていたから、だから結婚しなかったんだなって気がついたんだよ」

「エドワード様…？」


『可愛いクリスティーン、さあ、こっちにおいで』

『おにいちゃま、おにいちゃま、待って』

エドワードの脳裏に、自分の後を追ってきた小さな少女の姿が浮かんだ。

（クリスティーンは闇ばかりだった僕に神様がくれた光だったんだ）

気がつくのが少し遅くなったけれど、僕はとっくの昔に、自分だけの幸せの光を手に入れていた。

「クリス…君なら…君となら僕は一生涯、愛し合っていけると思うんだ」

いつも大人で世慣れた雰囲気を醸し出しているエドワードが、余裕のない真摯な表情でクリスティーンの手をとった。

「クリスティーン、僕を…いや、僕だけを見つめて、ずっと僕だけを愛してくれるかい？」

「…はいっ…はい、エドワード様。私にはエドワード様だけです。エドワード様だけを愛しています」

自分より年長でいつもは頼りがいのある素敵な後見人のエドワードの生真面目な愛の告白に、クリスティーンは心の底から愛しさを感じて思わず抱きついた。

「クリスティーン…」

「好きです…大好きです…」

擦り寄るように抱きつくクリスティーンのレースのビスチェから、桜のような可愛らしい突起がのぞき見えて、エドワードは苦笑した。

「あと、お願いだから僕のいないところで…いや、僕以外の男がいる場所でお酒は飲まないでほしいな」

「えっ？」

酔うとすっかり屈託がなくなるクリスティーンのこんなあられもない姿は、自分だけが知っていればいいことだとエドワードは思った。

「お酒を飲むのは僕と一緒の時だけ、いいね？」

「はいっ」

半分以上乳房の見えるレースのビスチェ姿で嬉しそうに答えるクリスティーンを見て、素面《しらふ》の時にもう一度しっかり言い含めないといけないとエドワードは強く思った。

「お酒は…エドワード様と…んふ…」

会話が途中で途切れてしまったのは、エドワードが熱烈なキスをしたからだ。

しどけなく酔ったクリスティーンの扇情的な下着姿を見たら、どんな男だってすぐにその気になってしまうだろう。

もちろん、エドワードも例外ではない。

酔ったクリスティーンはいつもより更に感じやすく、とても大胆で最初からしがみつくようにして抱きついてきた。

「あぁ…エドワード様…」

全てをエドワードに任せたようなクリスティーンの安心しきった顔を見て、エドワードは先ほどまでのクリスティーンの言葉が改めて真実なんだと痛感した。

元々、クリスティーンは嘘をつくような女性ではない。

ただ、控えめすぎて、何を考えているかよくわからない時があるだけなのだ。

「たまにはこうして酔ってもらうのはとても嬉しいんだけどね」

「……？」

「ああ、何でもないよ」

「あっ、あんっ……」

こんな時は色んなことは考えずに、クリスティーンの身体に触れていたかった。

美しいクリスティーンの身体は、ほっそりしているのにとても柔らかく、まるで少女のようにとても感じやすく、何度抱きしめてももっと抱きしめたくなるほどの宝石のように魅力的な肉体だった。

キスをしているだけでクリスティーンの身体が熱くなってくるのがわかる。

足を開かせ、密壺に触れるとそこにはもう熱い泉が後から後から溢れてきていた。

「濡れているね」

「……んふ……」

キスに夢中になっているクリスティーンにはエドワードの言葉は聞こえていないようだ。

意地悪な気持ちになって、半分以上胸が見えているビスチェの中に手を突っ込んで、ピンク色の可愛い乳首をキュッとつねってみた。

「いっ……」

少し痛かったのか、クリスティーンの瞳に透明の膜が張った。

「あぁ、ごめんよ、クリス。痛かった？」

「いえ…いた…いたくは…」

痛みよりも快感が強かったらしく、クリスティーンは足をくねらせるようにして太腿をすり合わせた。

「どうしてほしいの？」

「どうして…」

「今日は、クリスから言ってくれるんじゃないの？」

そういう意味ではないことは百も承知しているのだが、可愛いクリスティーンをいじめてみたくてついそんなことを言ってしまう。

（君がいなくては駄目なのは、僕の方だよ）

クリスティーンが想像している以上に、自分は彼女を愛しているという自覚があった。

たまたまクリスティーンが自分を愛するようになったが、そうならなかったとしても彼女を手放す気などさらさらなかった。

思えば、後見人を引き受けた時から自分はクリスティーンを手放す気などなかったのかもしれないと思う。

それなのに、うじうじと彼女に手を出してはいけないとか、後見人である以上は一線を越えないようになどと柄にもない遠回りをしたのは、素直にそれを認めることができない、恰好つけた自分がいたからではないか？　とエドワードは思った。

屈折した少年の心を持ったまま大人になった青年は、ようやく自分だけの至高の宝玉を手にすることができたのだ。

「抱っこして…ください」

「…抱っこ?」

想像もしていなかった可愛らしいおねだりに、エドワードはたまらなくなってクリスティーンを抱きしめた。

「ダメだよ、クリスティーン。可愛いすぎてもう我慢できない」

「エドワード様…」

「優しく愛してあげられないかもしれない」

そう言うなり、エドワードはビスチェをずらして、白い乳房をむき出しにさせると乳首にむしゃぶりついた。

「あ、あ、あっ」

口唇と舌でねぶるようにして愛撫すると、そのうちにピンク色の乳首がぷっちりと勃起《ぼっき》してクリスティーンが感じているのがわかった。

今度は赤ちゃんのおむつを替えるような姿勢で、クリスティーンの足を開いた。

「あ…あん…」

「やぁ…はずかし…」

嘘でもなんでもなく、クリスティーンのそこは下着を濡らすほど熱いものが溢れていた。

ほんの少し触れただけで、ビクビクと身体中を震わせて感じている姿がたまらなく愛しくて、もっともっと感じさせたくなる。

「ふぅん…」

目を閉じて頰を染めたクリスティーンが満足そうな吐息を漏らした。

「ここに指を入れられるのが好きなの？」

何も言わずに、クリスティーンがコクコクとうなずいた。

「ふぁ…っ」

クリスティーンの中は熱くて柔らかくて、とても狭い。

本人に自覚はないようだが、いつもは天使なのに、我を忘れた時のクリティーンは小悪魔のようだとエドワードは思っている。

「あぁ、あぁ、え…エドワード…」

「気持ちいいの？」

「…」

何も言わずに抱きついてくるクリスティーンの吐息が熱い。

「ここが気持ちいいんだね」

「あっ！　あぁっ！」

中の『いい』場所を責め続けると、ひくひくと震えが止まらなくなり、声も出せない様子でクリスティーンが果てた。

ぐったりした身体を抱き起こすと、そのまま膝に抱え上げ、濡れたそこにエドワード自身をあてがった。

「や…あ…」

そのまま、クリスティーンの身体を下ろす。

「ひっ……！」

いきなり最奥まで貫かれて、クリスティーンが小さな悲鳴をあげた。

「あぁ、クリスティーン…君が好きだよ…君のすべてが欲しい…」

「あ、あ、あ」

「このままでは君をこわしてしまいそうだ…」

「エドワード様…エドワード様…お好きなように…」

感じすぎて、目の焦点が合わなくなっているクリスティーンの顔を見ると、ほんの少しだけ可哀相な気がするのだが、それでも可愛くてひどくすることが止められない。

(依存しているのは僕の方かもしれない)

エドワードにはそんな自覚があった。

好きな子をいじめてしまう子供の心理に近いものがあるのだろうと、内心で分析しているが、クリスティーンをいじめていいのは自分だけだとも思っている。

正直、クリスティーンがレオノラと仲良くしているのでさえも面白くないのだが、ロンドンに友達のいないクリスティーンの数少ない心許せる友人になってくれたことはありがたいので、そこは我慢しようと思っている。

「あんっ、あんっ、あっ」

膝に抱いたクリスティーンの身体を揺さぶると、か細い腕で必死にしがみついてくる。

二人がつながった場所から、濡れた音が響いている。

「え…エドワード…」

「可愛いクリスティーン…」

愛の証をクリスティーンの中に注ぎ込みながら、エドワードはその華奢な身体を抱きしめた。

昔の自分に出会うことができるのなら、今、僕がどんなに幸せか教えてあげたいとエドワードは思った。

「エドワード様…好き…」

「僕もだよ、クリスティーン」

可愛らしい言葉を聞いて、もう一度エドワードはクリスティーンにキスをした。

「僕はもう二度と迷わない。何があっても決して君を離したりしない」

恋人同士の長い長い甘い夜は始まったばかりだ。
自分たちは、今夜ようやく身も心も一つになれた。
エドワードはそう思いながら、力の抜けたクリスティーンを大切に抱きしめた。

エピローグ

「ではお二人の輝かしい未来を祝して乾杯！　おめでとう」

　結婚式も無事終わり、披露宴はたけなわを迎えた。白いウェディングドレスに花冠をつけたレオノラと、フロックコートを着たヒュー・ウィリアムはとても幸せそうだった。

「レオノラ様、とっても素敵」

「そうだね、とても幸せそうだ」

　幸せそうに見つめあうヒュー・ウィリアムとレオノラを見て、自分たちもあんな風に信頼し合って見えるのだろうか？　とクリスティーンは思った。

「どうしたの？」

「いえ…」

　ヒュー・ウィリアムに勝るとも劣らないほどの優しい瞳でエドワードが話しかけてきた。

（きっと私たちもあんな風に見られているに違いないわ）

　少し前なら、そんな風には思えなかったけれど、今のクリスティーンなら自信を持ってそう言える。

なぜなら、この結婚式のひと月前、エドワードとクリスティーンは正式に婚約し、今日の披露宴にはパートナーとして出席しているからだ。

婚約を発表してからは以前のように陰口を叩く者はなくなり、レディ然としたクリスティーンの美しさは、ロンドンの社交界ではちょっとした話題にすらなっていた。

「クリスティーン」

「レオノラ様っ」

クリスティーンを見つけた花嫁が、大きな声を出して呼びかけた。

「次はあなたの番よ。クリスティーン！」

愛と幸福のお裾分けと言わんばかりに、レオノラがクリスティーンを抱き寄せて頬にキスをした。

「そんなこと言われなくても知っているよ」

いつの間にか隣に立っていたエドワードは小さな声でそう言うと、クリスティーンの白い手をギュッと握った。

「クリスは誰よりも美しい花嫁になる」

（誰よりも素敵なのはエドワード様の方だわ）

クリスティーンと正式に婚約したというのに、エドワードを見つめて頬を赤らめているご婦人がチラホラいる。

今でもたまに、こんなに素敵な男性のフィアンセになったなんて、夢なのではないかと思うことがある。

（でも…）

こうして時々垣間見せる少年のような表情を知っているのは私だけなのだわ、とクリスティーンはとても愛おしく思った。

「さっ！　新郎新婦を見送る時間だ」

ホールの外に出ると、ヒュー・ウィリアムとレオノラの未来のように晴れやかな太陽が燦々《さんさん》と煌めいていた。

「いってらっしゃい！」

「お幸せに！」

みんなに祝福されながらハネムーンに旅立つ二人を見て、クリスティーンは今日何度目かになるため息をついた。

「お二人とも素敵ですね」

感極まってそう言うクリスティーンに、エドワードが素っ気なく返事をした。

「そう？」

「そうですよ、そう思いませんか？」

口唇を突き出して抗議するクリスティーンを見ながら、エドワードがにやりと笑った。

「ずっと君だけを見ていたから、他の誰が素敵だったとか、全然記憶にないよ」

「エドワード様ったら」

そんな風に絡んでくるエドワードがなんだか少し可愛く感じて、クリスティーンはその腕に自分の手をそっと絡めた。

エドワードの指先がクリスティーンの指先にそっと添えられた。

「本当だよ。こんなに長い時間をかけて、ようやく君を手に入れることができたんだからね。君以外の人を見つめるなんて、時間の無駄のように感じる」

「そんなこと」

「ねえ、クリスティーン。僕たちの結婚式はいつにしようか？」

「え？」

婚約したのだから当たり前なのだが、いざ自分のこととなると今ひとつ実感が湧かない。

結婚と聞いただけで、嬉しくも恥ずかしい気持ちが込み上げて、クリスティーンは思わず頬を緩ませた。

「何を笑っているの？」

クリスティーンの笑顔を見て、エドワードも微笑んだ。

「エドワード様と結婚するなんて夢みたいで…」

「嬉しい？」

「はい。すごく」

そう言いながら幸せそうな顔で、ニコニコしているクリスティーンを見て、エドワードは絡めた指を愛おしげに撫でた。

「僕の花嫁は欲がない」

「そんなことありませんっ」

クリスティーンが思いかけず強く否定したので、エドワードは面白そうにその顔をのぞき込んだ。

「そうなの？　それは知らなかった」

「そうです。私はとても欲張りなんです」

クリスティーンはキュッと口唇を引き結んでそう言った。

そういう顔をすると、駄々をこねていた小さな時を思い出して、エドワードは胸が温かくなるような思いがした。

「私はエドワード様がいいんです。エドワード様だけがいいんです。エドワード様みたいな…素敵な人でなくちゃ…」

「僕もクリスティーンだけがいい。君だけが欲しいよ」

エドワードが真剣な瞳でクリスティーンにそう言った。

「この指も、この口唇も、この瞳も。髪の毛の一筋まで、全部僕のものだ」

「エドワード様…」

口々に祝福の言葉を投げかける喧噪《けんそう》の中で、エドワードはそっとクリスティーンを物陰に導いた。

「？」

クリスティーンが怪訝そうな顔で見つめると、エドワードは悪戯っ子のような顔で微笑んだ。

「二人の見送りはみんなに任せよう」

「あ！」

そのまま腕を引き寄せられて、口唇にキスされる。

「…ん…あ…」

キスが終わるとそのまま、包み込むように抱きしめられた。

エドワードがクリスティーンの肩口に頬をうずめた。

さらさらとなびく金髪から、いい香りがしてクリスティーンはうっとりとその腕に抱きしめられていた。

「クリス…クリス…僕のところに来てくれてありがとう」

「エドワード様…」

「神様、感謝します」

エドワードは小さな声で神に感謝すると、クリスティーンに向き直った。

「ねえクリス、僕が今どれほど幸せかわかる？」

「私と同じくらい？」

クリスティーンの言葉を聞いて、エドワードがクスッと笑った。

「なんで……！」

笑われたことにクリスティーンが抗議の声をあげようとすると、エドワードが人差し指でクリスティーンの可愛らしい口唇を優しく封じた。

「君が僕を愛している以上に、いや、その何倍も何倍も、僕は君を愛し続けてきた。だから、君より僕の方がもっと幸せなんだよ」

「エドワード様……」

思いがけない言葉にクリスティーンが言葉を失う。

クリスティーンの頬を両手の掌《てのひら》で包むようにして、エドワードがその瞳をのぞき込んだ。

エドワードのきれいな瞳の奥に美しい碧が煌めいている。

（私の瞳もこんな風に輝いているのかしら）

エドワードはクリスティーンを見つめながら、陽光がにじむように、その胸の内の愛が溢れだすような笑みを浮かべた。

「愛しているよクリスティーン」

「はい、私も」

エドワードがクリスティーンを優しく抱きしめる。

その広い胸は、クリスティーンが自分で見つけた、とっておきの永遠の花園なのだ。

あとがき

はじめまして、一ノ聖柊です。

この本が皆さんの目に触れる頃は、もう年の瀬が近くなっているかと思いますが、あとがきを書いている今は、２０１５年のクリスマスシーズンが始まったところです。

私の地元には、毎年綺麗なクリスマスツリーがたくさん飾られるので、周りを見回せば幸せそうな恋人たちがいたるところで楽しそうに歩いています。

そんなクリスマスの恋人同士みたいなキラキラした二人を書けたらいいな、と思って書いてみました。

主人公のクリスティーンは砂糖菓子のように甘く、とても美しい少女です。が、都会育ちではないので、中身は素朴で純真、控え目だけど屈託のない自然体の女の子だったりします。

中身が素朴で見た目がきれい系というギャップ女子って、とってもセクシーなんですよね。

その上、クリスティーンはお酒に弱くて酔うと心がオープンになってしまうという、男性からしてみると、ちょっと困ってしまうくらい魅力的な女性です。

お相手のエドワードは、そんなクリスティーンとは裏腹に子供の頃から大人の世界の色々を見てきたので、少し屈折した部分を持っていたりするのですが、素朴のかたまりみたいな幼いクリスティーンと出会い、自覚のないまま運命のような初恋をします。

このお話は、そんな二人が後見人と被後見人と言うお互いの立場を乗り越えて、初恋を成就させた甘いロマンスです。

年上のエドワードは申し分ない大人なので、『初恋』という言葉が持つ、純粋な部分よりも、『ロマンス』の濃密な時間が際立って見えるかもしれません。

でも、大人になっても誰かを本気で好きになったら、びっくりするほど周りが見えなくなったり、相手を困らせてしまうほど求めてしまったり、ほんのすこしのことでめちゃくちゃ心が動揺したりするものです。

もちろん、そうじゃない人もいると思いますが、そんな風にまっしぐらに相手を好きになれる男性のほうが素敵だと思うんですよね。

エドワードは後見人として、妹のように可愛がってたクリスティーンの幸せを願っていながら、彼女のすべてを求めることにとても悩んでいました。

周囲の人から見れば、地位も権力もお金もあるエドワードが、そんなことで悩むこと自体が不思議に見えて、クリスティーンはもちろん、エドワードを取り巻く人たちも皆この恋の行方をヤキモキして見守っています。

でも例外なく見守ってる人たちが皆、この恋の味方なのは、エドワードもクリスティーンも、自覚に欠けたまま、純粋な気持ちでお互いを愛していることが伝っているからだと思います。

挿絵のしおたみちこ先生の表紙絵をちょっとだけ見せていただいたのですが、初々しさや甘いロマンスを感じさせるとっても素敵なイラストで本文のイラストもとっても楽しみです。どうもありがとうございました。

また、何もわからない私に色々と教えてくださった編集のHさん、ぎりぎりまで大変な思いをして本を作ってくださった担当のSさん、本当にどうもありがとうございます。

この本を手にとってくださった方が、読み終わった時に少しでも楽しい気分になってもらえたらとっても嬉しく思います。

また、どこかでお会いできますよう、ごきげんよう、さようなら。

眠り姫の後見人
～まどろみの秘蜜～

Vanilla文庫

2016年1月3日　第1刷発行　定価はカバーに表示してあります

著　者　一ノ聖 柊　© ICHINOSE SYU 2016
装　画　しおたみちこ
発行人　立山昭彦
発行所　株式会社ハーパーコリンズ・ジャパン
東京都千代田区外神田3-16-8
電話　03-5295-8091（営業）
0570-008091（読者サービス係）
印刷・製本　大日本印刷株式会社

Printed in Japan ©K.K. HarperCollins Japan 2016　ISBN978-4-596-74497-5

秘蜜の甘い快感、召し上がれ♥

otome dolce

乙女ドルチェ・コミックス

既刊大好評発売中♥

定価：本体630円＋税

乙女ノベルズの人気作を漫画化!!

「甘く淫らなハネムーン」
石丸博子
原作：すずね 凜

幸せいっぱいのハネムーン中、革命に巻き込まれてしまったロレインと伯爵のグリフィス。君を守ると愛を囁くグリフィスの言葉に…。

「小夜啼鳥恋夜 ～甘い蜜の檻～」
杉本ふぁりな
原作：月森一花

大国の皇太子瑛璋に献上された寧々。誤解から刺客と疑われ淫靡な罰を与えられて…「濡らせとは言っていないよ?」甘い愛撫は熱く疼かせて!?

「眠れぬ皇子は淫らに誘う」
蝶野飛沫
原作：舞 姫美

クライヴ皇太子の世話を命じられた領主の娘リリアーナ。やさしい彼に惹かれる一方で時折激しく唇を奪い淫らに体を求めてくる彼に心は震え…。

「蜜縛 ～絶対君主の甘い指先～」
高橋依摘
原作：夜織もか

亡国の姫ノエリアは、大国の美貌の王エルンストから毎夜愛と快楽を体に教えこまれる。生きる希望をもち王妃となれと言う彼の言葉にノエリアは…。

「誰にもいえない花嫁修業 ～甘い蜜の館～」
藤井サクヤ
原作：上主沙夜

王子の花嫁候補の私が、王子の秘書官ジークリートと閨事の花嫁修業!?　王子本人の命令には逆らえず…、毎夜ジークリートと淫らな花嫁修業が始まる…。

「新妻は秘密に喘ぐ ～伯爵様に愛されて～」
ひなたみわ
原作：蜜乃 雫

貴族の娘の身代わりとして、伯爵家に嫁いだリディア。悪妻を演じて離縁されるはずが、美しく気高い伯爵セドリックの甘い責苦に身も心も溺れてしまい…。

1月発売予定

「契約花嫁～王太子の甘い罠～」
高橋依摘　原作：麻生ミカリ

「王太子殿下の秘やかな遊戯」
相澤みさを　原作：柚佐くりる

Vanilla《ヴァニラ》文庫の約束

1 すべての女性をヒロインに

～様々なタイプの女性が主人公として登場します。きっと貴女もヒロインになれるはず♥

2 絶対ハッピーエンド主義

～ヴァニラ文庫は、すべてハッピーエンド。匂い立つヴァニラのように芳しい、セクシーで幸せな世界へ貴女をおつれすることを約束します。

ドルチェな快感♥
とろける乙女ノベル

原稿大募集

ヴァニラ文庫では乙女のための官能ロマンス小説を募集しております。
優秀な作品は当社より文庫として刊行いたします。
また、将来性のある方には編集者が担当につき、個別に指導いたします。

◆募集作品

男女の性描写のあるオリジナルロマンス小説（二次創作は不可）。
商業未発表であれば、同人誌・Web 上で発表済みの作品でも応募可能です。

◆応募資格

年齢性別プロアマ問いません。

◆応募要項

・パソコンもしくはワープロ機器を使用した原稿に限ります。
・原稿は A4 判の用紙を横にして、縦書きで 40 字 ×34 行で 110 枚 ~130 枚。
・用紙の 1 枚目に以下の項目を記入してください。
①作品名（ふりがな）/②作家名（ふりがな）/③本名（ふりがな）/
④年齢職業 /⑤連絡先（郵便番号・住所・電話番号）/⑥メールアドレス /
⑦略歴（他紙応募歴等）/⑧サイト URL（なければ省略）
・用紙の 2 枚目に 800 字程度のあらすじを付けてください。
・プリントアウトした作品原稿には必ず通し番号を入れ、右上をクリップなどで綴じてください。

注意事項
・お送りいただいた原稿は返却いたしません。あらかじめご了承ください。
・応募方法は必ず印刷されたものをお送りください。CD-R などのデータのみの応募はお断りいたします。
・採用された方のみ担当者よりご連絡いたします。選考経過・審査結果についてのお問い合わせには応じられませんのでご了承ください。

◆応募先

〒101-0021　東京都千代田区外神田 3-16-8　秋葉原三和東洋ビル
株式会社ハーパーコリンズ・ジャパン
「ヴァニラ文庫作品募集」係